城与海
—— 朗费罗诗选

蓝色花诗丛

[美] 朗费罗 著

荒芜 译

人民文学出版社

图书在版编目（CIP）数据

城与海：朗费罗诗选/（美）朗费罗著；荒芜译.—北京：人民文学出版社，2016
（蓝色花诗丛）
ISBN 978-7-02-012015-4

Ⅰ.①城… Ⅱ.①朗… ②荒… Ⅲ.①诗集—美国—近代 Ⅳ.① I712.24

中国版本图书馆 CIP 数据核字（2016）第 221790 号

责任编辑	仝保民　陈　黎
特约策划	李江华
封扉设计	陶　雷
责任印制	芃　屹

出版发行	人民文学出版社
社　　址	北京市朝内大街 166 号
邮政编码	100705
网　　址	http://www.rw-cn.com
印　　刷	北京天正元印务有限公司
经　　销	全国新华书店等
字　　数	100 千字
开　　本	787 毫米 × 1092 毫米　1/32
印　　张	5.375
印　　数	1— 6000
版　　次	2016 年 10 月北京第 1 版
印　　次	2016 年 10 月第 1 次印刷

书　　号	978-7-02-012015-4
定　　价	30.00 元

如有印装质量问题，请与本社图书销售中心调换。电话：010-65233595

编者的话

"蓝色花"最早源于德国诗人诺瓦利斯的一部作品,被认为是浪漫主义的象征。蓝色纯净,深邃,高雅;蓝色花,是诗人倾听天籁的寄托,打磨诗艺的完美呈现。在此,我们借用上述寓意编纂"蓝色花诗丛",以表达诗歌空间的纯粹性。

这套"诗丛"不局限于浪漫主义,公认优秀的外国诗歌,不分国别、语种、流派,都在甄选之列。我们尽力选择诗人的重要作品来结集,译者亦为一流翻译家。本着优中选精、萃华撷英的原则,给读者提供更权威的版本,将阅读视野引向更高远的层次。同时,我们十分期待诗坛、学界和广大读者的建设性意见。

二〇一五年五月

目　录

长篇叙事诗
（迈尔士·斯丹迪斯的求婚）

第一节　迈尔士·斯丹迪斯…………………………003

第二节　友谊和爱情…………………………………009

第三节　情人的差事…………………………………015

第四节　约翰·奥登…………………………………024

第五节　五月花号的开行……………………………032

第六节　卜瑞思息拉…………………………………040

第七节　迈尔士·斯丹迪斯的进军…………………046

第八节　纺车…………………………………………052

第九节　结婚的日子…………………………………058

诗　选

金星号的沉没…………………………………………067

农村的锻工	073
二月的一个下午	076
混血女	078
春田兵工厂	082
献给丁尼生	086
诗人及其诗歌	087
在海港里	089
俄西里斯	091
诗人日历	096
狂河	104
再见	108
城与海	110
日落	112
加菲尔德总统	114
美国南北战争阵亡将士纪念日	115
旋律	117
四点钟	118
麦狄逊城的四湖	119
月光	121
献给亚丰河	124
杂诗	126

断片 … 132
少女的风信鸡（民歌） … 133
风磨（民歌） … 136
孩童与小溪 … 138
寄仙鹤（民歌） … 140
再生草 … 142
炉边纪游 … 144
夏雨 … 147
普罗米修斯（或诗人的前思） … 153
厄庇墨透斯（或诗人的后想） … 157

长篇叙事诗

迈尔士·斯丹迪斯的求婚

第一节　迈尔士·斯丹迪斯

在从前殖民地的时代,在巡礼者①的汇聚地的普利茅斯,
清教徒的队长迈尔士·斯丹迪斯,身穿紧身衣和长袜,
脚踏考德温皮的靴子,带着一种英武的神气,
在他的简陋的原始的住屋中来回地踱步。
他好像是在沉思,手背在身后,屡屡停下来
注视着灿然成行地,挂在墙上的
他的光辉耀目的武器,——
短剑,铠甲,还有他的可靠的大马士革的刀,
弯弯的刀尖上,还刻有神秘的亚剌伯文的文句,
下面,在一个角落里的是鸟枪,毛瑟枪,和火枪。
他身材很矮,但结实而强壮。
虎臂,熊腰,有钢铁一般的肌肉;

---

① 一六二〇年,在美国创立普利茅斯殖民地的一百零三个清教徒。

他的脸色黄得有如一枚坚果,赤褐色的胡子已经斑白,
像十一月里的篱笆。
靠近他坐的是约翰·奥登,他的朋友,家庭生活中的
伴侣,
他正在窗户前边一张柏木桌子上迅速地写着字;
金色的头发,天蓝的眼睛,优美的鲁撒逊的面孔,
有着他的青春和俊秀,像圣格里高里看见那些俘虏时
所赞叹的:"不是盎格斯而是安琪儿。"
他是乘五月花号来的最年轻的一个。

突然间打破了沉寂,打断了孜孜的抄写,
普利茅斯的队长迈尔士·斯丹迪斯满心得意地说话了。
"瞧瞧这些武器,"他说,"挂在这里的作战的武器
擦得又明亮又干净,就像预备检阅似的!
这是我在法兰德斯作战使用的大马士革的刀;这块胸
甲,
哼,我想起那一天来!在一次小战斗中它一度救过我
的性命;
就在前面,你可以看见弹痕,
是由一支西班牙的带钩的枪瞄准我的心窝射来的。
如果不是纯钢打的,迈尔士·斯丹迪斯的遗骨

此刻会在法兰德斯的沼地的坟墓里生霉。"
于是约翰·奥登并没从写字桌上抬起头来回答说：
"一定是上帝的呼吸延缓了子弹的速度：
他仁慈地保全了你的生命，作为我们的盾牌和武器！"
队长不顾那青年人的话，继续说下去：
"瞧它们擦得多亮，好像是挂在兵器厂里的；
那是因为我亲自擦的，不交给别人去办理。
'自己帮助自己最为得力'，确是一个极好的谚语；
所以我当心我的武器，就如同你当心你的墨水瓶和钢笔。
还有我的兵士们，我的伟大的、战无不胜的军队，
十二个人，全副装备，每人都有他的枪架和火枪
十八个先令一月，还有伙食和战利品，
而且和凯撒一样，我知道我的每一个兵士的名字！"
这话是他带笑说的，笑闪耀在他的眼里，像阳光闪耀在海涛上，一霎时又消逝了。
奥登边写边笑，于是队长继续说下去：
"瞧，从这个窗口你可以看见我的铜炮
高高地架在教堂的屋顶上，它是一个谈话中肯的宣教师，
镇定，率直，坚强，带有不可抗拒的逻辑和正派思想，

把信仰直射入野蛮人的心里。
现在我想,我们对于印第安人的任何攻击都有准备;
如果他们高兴,就让他们来吧,而且越快越好,——
如果他们高兴,就让他们来吧,不管他是酋长,头目,
  或者祭司
不管是阿司皮奈,莎莫赛特,考比坦特,司关脱,或
  者脱克马哈芒!"①

他在窗前站了许久,沉思地凝视着灰色的冷雾
所洗涤过的田野,东风的轻扬,
森林、草原和小山以及海岸的钢青色的边缘
沉默而忧郁地躺在午后的阳光和阴影里。
他的脸上闪过一道阴影,如同闪过田野上的,
阴暗交织着光明;而他的声音给情感、温柔、
怜悯、懊悔压得很低,一顿之后,他又继续下去:
"在那边,在海边的小山上埋葬着萝丝斯丹迪斯,
是为了我才开在路旁的美丽的爱情的玫瑰!
她是乘五月花号来的最先死去的一个!
她上面那块田里我们种的谷子正长得青青的,

---

① 印第安各种部落的名字。

这是把我们的人的坟墓掩蔽起来,不给印第安人的探
　子知道为好,
否则他们会算出并且看出我们死掉的共有多少!"
他悲哀地掉转过脸去,大步踱来踱去,又沉思了。

列在对面墙上的有一架书籍,其中
有三本特殊的,在体积和装订上都与众不同;
巴利甫的《炮兵指南》,和凯撒的《评传》,
是伦敦的亚述儿古丁支从拉丁原文翻译的,
好像被这两本护卫着似的,中间夹着的是一本《圣经》。
迈尔士·斯丹迪斯沉思了片刻,在它们之间停住,好
　像在沉吟
三本书里应该选择哪一本来作他的安慰和消遣,
是希伯来人的战争,罗马人的著名战役呢,
还是为好战的基督徒设计的炮战的实习。
终于从书架上他拖出了那个庞大的罗马人物,
他坐在窗前,打开书本,默默地,
翻着那旧了的书页,那儿的边缘上指印重重,
如同足声的奔腾,宣告激烈的战争。
屋里什么都听不见,只有年轻人的簌簌的钢笔声
急忙忙写着书信,重要的、随着五月花号走的书信,

它依照上帝的旨意准备明天就开,或者至迟后天,
载回家去那整个可怕的冬天的消息,
还有奥登写的信件,充满了卜瑞思息拉的名字的,
充满了那个清教徒女郎卜瑞思息拉的声名的信件!

第二节　友谊和爱情

屋里什么声音都听不见，只有年轻人的簌簌的钢笔声，
或者那个队长在阅读朱利斯凯撒的出奇的文章和事业
　的时候
他的焦思的心里间或发出的一声叹息。
过了一会儿他说，一面用他的手，手掌朝下，
沉重地打着书页："这位凯撒是一个了不起的人！
你是一个作家，我是一个战士，可是这儿这个人
他既能写作，又能战斗，而且在这两方面同样高明！"
那个俊秀的人，那个年轻人约翰·奥登立即回答说：
"是的，正如你所说，他用他的笔和他的武器同样高明，
我在什么地方看见过，可是什么地方却忘记了，他能够
同时口授七封信，一面还在写他的回忆录。"
"真的，"队长继续说，并没注意或者听见别人的话，
"真的，凯乌斯朱利思凯撒实在是一个了不起的人！

宁愿在一个伊勃林小村庄里居第一,他说,
也不愿在罗马居第二,我觉得他的话是对的。
二十岁以前他结过两次婚,以后的次数更多;
仗打过五百次,征服过上千个城市;
照他自己所记的,他也在法兰德斯作过战;
最后他被他的朋友,那个演说家布鲁特斯刺死!
你知道有一次他在法兰德斯做了什么事吗?
那时他的后军退却,前军也支撑不住,
于是那个有名的第十二军团挤成了一团,
连拔刀的地方都没有。他呀,从一个兵士的手中夺过
  一面盾牌,
立即置身在队伍的面前,叫着每个队长的名字
下令给他们:命令旗手前进,
随后就展开了阵势,获得了施展武器的地方;
因而他打了胜仗,一个什么——什么之战。
所以我常说:如果你想把一桩事情办得妥当,
你必须亲自去做,不要交给别人代办!"

一切又沉默了;队长继续看书。
屋里什么都听不见,只有年轻人的簌簌的钢笔声,
书写着第二天就要由五月花号带走的重要书信,

信里充满了那个清教徒女郎卜瑞思息拉的名字和声誉；
每个句子都以卜瑞思息拉的名字开头或者结尾，
直到深知他的秘密的那支诡谲的钢笔
也歌唱着呼喊着卜瑞思息拉的名字，极力想把秘密泄露。
最后，迈尔士·斯丹迪斯，普利茅斯的队长砰然地
合上那笨重的书壳，就像一个兵士放下他的武器似的，
突然而又大声地对年轻人说：
"等你做毕了你的工作，我有点重要的事情要告诉你。
然而不要忙；我可以等；我不会不耐烦的！"
奥登立即回答，一面折起他的最后的一封信，
推开他的文稿，恭敬地注意着：
"说吧；只要你一说话，我总是听着的，
凡是与迈尔士·斯丹迪斯有关的话我总是要听的。"
于是队长回答了，局促，并且斟酌他的词句：
"《圣经》上说，一个人孤独是不好的。
这话从前我说过，并且屡次三番反复地说；
一天中的每点钟里，我都想到它，感到它，说到它。
自从萝丝斯丹迪斯死后，我的生活一直孤寂；
心里难受，不是友谊可以治好的。
在我寂寞的时候，我常常想到卜瑞思息拉姑娘。
她没有一个亲人；她的父亲母亲和哥哥

全都死在冬天；我看见她来来去去，
时而到死人的坟上，时而到病人的床边，
耐心，勇敢，坚强，我暗自说，如果
世界上真有安琪儿，像天堂里的一样，
我见过的认识的有两个；那个名叫卜瑞思息拉的安琪儿
在我的孤苦的生活中代替了另一个所撇下的地位。
我早就怀了一种思想，可是从来不敢泄露，
因为在这方面我是个懦夫，虽然在别的方面甚为英勇。
到了卜瑞思息拉姑娘，普利茅斯的最可爱的女郎那里去，
就说一个粗鲁的队长，一个不擅文辞而精武事的人，
献出他的手和他的心，一个战士的手和心。
不是用这些字眼，你明白，不过总之这就是我的意思；
我是一个武人，不是一个文士。
你有学者的教养，可以把话说得委曲婉转
如你在求亲的佳人才子的小说里所念到的那样，
像你所认为的最能博得一个姑娘的欢心的那种言词。"

当他说罢，约翰·奥登，那个金发的、缄默的年轻人，
听了他的话，愕然，吃惊，为难，迷乱，
想用轻描淡写的方法来掩饰他的惊惶，
想假作微笑，但觉得他的心静止在胸中，

正像在一间被雷轰击的屋子里,一座时钟停了摆,
只好回答说,或者与其说是回答,不如说是讷讷:
"这样的一种传话,我相信我一定不知所云把事弄糟;
如果你想把事办得妥当,——我只不过重复你的格言
　　罢了,——
你必须亲自办理,不能交给别人!"
可是普利茅斯的队长带着一种谁也不能扭转他的主意
　　的神气,
郑重地摇摇他的头,回答说:
"格言实在是好的,我并不是故意去否定它;
但是我们要小心运用,不要枉费精力。
像我以前说过,我向来不是一个文士。
我可以走向一座堡垒,号召它投降。
可是走向一个女人,去这样求婚,我却不敢。
我不怕子弹,也不怕炮口打出来的炮弹,
可是女人嘴里发出来的一声雷鸣'不!'
那个我承认我害怕,而且我也不以承认为羞!
所以你必须答应我的请求,因为你是一个温文尔雅学者,
有着说话的技术和修辞的技巧。"
于是拉住仍然迟疑而又不大情愿的他的朋友的手,
长久地握在他自己的手中,同时又亲爱地捏着它,他

加添说:
"纵然我的话说得很轻,可是鼓励我的感情却深;
你当然不能拒绝我以友谊的名义,对你作的要求!"
随后约翰·奥登回答说:"友谊的名义是神圣的;
你用那种名义所要求的,我没有力量拒绝你!"
所以坚强的意志得势了,战胜并且改变了较温和的意志,
友谊压倒了爱情,于是奥登去办他的差使。

第三节　情人的差事

坚强的意志占了优势，奥登去办他的差事，
走出村庄的街道，走进树林的小径，
走入寂静的林子，在那里欧鸽和知更鸟正在
树丛里，在枝头上的青翠的园林中建筑市镇，
具有喜悦、爱情和自由的，和平的高空中的城市。
他的周围是平静的，可是他的心里是混乱和冲突，
爱情和友谊相争，自身和每一个慷慨的冲动相争。
他的思想在他的心胸里往来奔腾驰逐，
如同在一艘倾侧的船舶里，随着船身的每一转动，
被残酷的海和大洋的无情的波涛冲洗着！
"我必须放弃一切，"他带着一种疯狂悲伤大叫，
"我必须放弃一切，欢乐，希望，幻想？
我默默地恋爱，等待，崇拜，难道就为了这个？
难道就为了这个，我追踪飞奔的足迹和身影，

越过寒冷的大洋，来到这荒凉的新英格兰的海岸上？
真的，心是骗人的，从它的腐败的底里
升腾起，像蒸发的气体一样，雾似的热情的幻象！
它们看去倒像光明的天使，但只是撒旦的欺骗。
现在我一切都清楚了；我分明地感觉到它，看到它！
这是上帝的手，愤怒地落在我的身上，
因为我过分地追逐了私心的欲望和趣向，
盲目地崇拜着亚斯塔若斯，和邪恶的巴尔的偶像。
这就是我必须背起的十字架：罪过和迅速的报偿。"

就这样奥登穿过普利茅斯的树林去办他的差事；
从浅滩上越过溪流，那儿溪水在乱石和浅滩上喧哗，
再向前走，溪水又汇拢来，五月花开在他的四周，
芬芳，把一种奇妙的甜味充溢在空气里，
像迷失在树林中的孩子们，酣眠在树叶的覆盖下。
"清教徒的花，"他说，"典型的清教徒的姑娘，
谦和，朴素，温柔，正像卜瑞思息拉那种女郎！
我要把花儿带给她；带给普利茅斯的五月花卜瑞思息拉，
谦和，朴素，温柔，带给她作为临别的礼物；
它们沉默地道别，一面枯槁，萎谢，凋亡，
不久就要被丢开，有如赠花者的心一样。"

奥登穿过普利茅斯的树林，去办他的差事；
走到一块旷地，看见了圆形的大洋，
没有船只，东风多厉，阴沉而清凉，
看见了新建的庐舍，草场里劳作的人们；
当他走近门口，他听见卜瑞思息拉的美妙的声音
唱着赞美诗第一百首，那支伟大的古老的清教徒的歌
路德曾依照圣诗作者的词句唱过，
充满了上帝的气息，抚慰过许多人。
随后，当他推开了门，他看见那姑娘
坐在纺车旁边，梳拢过的雪白的羊毛
堆在她的膝前，她的素手偎着贪馋的机轴，
同时她用脚踩在踏板上使纺车转动，
摊开在她的腿上的是用旧的安司渥司的赞美诗，
是在阿姆斯特丹印的，词和曲刻在一起，
方形字的小注，像教堂墙垣上的石子
隐盖在诗章的藤葛之下。
她就是从这样的书里唱着古老的清教徒的歌，
她，清教徒的姑娘，在清静的树林里，
她的天生丽质使得她的简陋的屋子
和自家织的淡泊服装显得富丽堂皇！
像一阵尖锐而严冷的风，他的头脑闪过一些思想，

事情会怎么样，以及差事的苦恼和重量，
所有的梦想都枯萎，所有的希望都消逝，
从今以后他的全部生活将成为一具惨淡的空虚的躯壳，
和几副苍白而忧郁的面孔，空受懊恼的折磨。
然而他仍旧对他自己说，几乎是猛烈地说：
"莫让那个手扶犁把的人回顾，
虽然犁尖压根儿切断生命的花枝，
虽然它犁过死者的坟墓和生者的堂屋，
那是上帝的意旨；他的恩惠永在！"

于是他走进屋子：嗡嗡的机声和歌声
突然停住；因为卜瑞思息拉，被他走上门来的脚步声惊动，
在他进门时站了起来，把手递给他，表示欢迎，
一面说："我知道是你，当我一听见你走过来的脚步；
因为在我坐在这儿唱歌纺纱的时候，我正在想着你。"
他欢喜得张目结舌，思念他的心情竟会混合在神圣的
　诗篇里，从这个姑娘的内心里发出。
他默默地站在她的面前，找不到表示他的意思的话语，
便把花送给她作回答。他记得那年冬天里的一天，
初次的大雪之后，他从乡村里打开了一条路，
一路歪斜走来，穿过阻碍了门道的积雪，

进屋时,跺掉脚上的雪,而卜瑞思息拉
看着他的雪白的头发大笑,叫他在炉火旁边坐下,
知道他在大风雪里还念着她,她表示了高兴与感激。
如果那时他说了啊!也许不至于白说吧;
现在太晚了;黄金的机会消逝了!
所以他不安地站在那里,把花送给她当作回答。

随后,坐了下来,谈到鸟儿和美丽的春天,
谈到他们故乡的友人以及明天就要开行的五月花号,
"我整天都在想,"清教徒的姑娘轻轻地说,
"日日夜夜都在梦想英国的树篱——
它们现在都开花了,乡下就像一个花园;
想起深巷和田野,天鹅和红雀的歌声,
看见乡村的街道,邻人的熟悉面孔,
他们仍像老样子荡来荡去,停下来在一起聊天,
而街头上,那座乡村教堂,常春藤
爬满了灰色的古塔,还有教堂庭院中寂静的坟墓。
和我同住的人们是和蔼的,我的宗教更可亲;
可是我心里仍觉悲哀,我想再回到古老的英格兰。
你会说那是不对的,可是我忍不住;我几乎
就想回到古老的英格兰去,我觉得十分寂寞而悲伤。"

那个年轻人于是回答说:"我自然不责备你;
比一个女人更大胆的人也不免在这个可怕的冬天里沮丧,
你的心是温柔的可靠的,需要一颗更坚强的心来依傍;
所以我现在到你这里来,带来一个良善而忠实的人所
  提出的
婚姻的请求,那人就是迈尔士·斯丹迪斯,普利茅斯
  的队长!"

就这样他传递了他的消息,这个才思敏捷的文学家,——
他并没有铺张这个主题,也没有饰以美丽的辞藻,
而是直陈其事,像个小学生的脱口而出;
就是队长他本人也不会说得那么率直。
卜瑞思息拉,那个清教徒的姑娘,惊讶而悲哀地沉默
  无语,
望着奥登的面孔,诧异地大张两眼,
觉得他的话像一记重击,打得她说不出话语;
终于她打破预示不祥的沉默惊呼道:
"如果普利茅斯的伟大的队长要急于和我结婚,
为什么他不亲自前来,向我求婚?
如果我不值得他一求,我当然也不值得争取!"
于是约翰·奥登开始解释和文饰这件事体,

他把事情弄得更糟,他说队长是忙碌的,他没有时间
　来做这种事情;——

这种事情!这种话卜瑞思息拉听来刺耳,

像闪光一样,她迅速地回答说:

"像你所说的,在他结婚以前,他没有时间做这种事情,

难道他结婚之后不会同样发现,或者弄得没有时间?

你们男人就是那样;你们不了解我们,简直不能。

你们想想这个,想想那个,选择,甄拔,拒绝,

一个个互相较量,于是你们下了决心,

以突兀的直言,宣布了你们的意愿,

一个女人若不立即答应她所从未想到过的爱,

若不一下子达到你们爬了许久的高度,

你们便被触犯,伤心,也许愤怒。

这是不对的,也不公平,因为一个女人的爱情

实在不是一件可以要求的东西,一要就有。

如果一个人恋爱了,他不仅说出来,并且表现出来。

假使他能等候一时,只要他表示他是爱我的,

甚至就是你们的队长,虽然他又老又粗鲁——

谁敢说?——也许他会终于得到我的欢心;——但是现
　在绝对不成。"

约翰·奥登不顾卜瑞思息拉的话，仍继续说下去，
力陈他的友人请求，解释，劝说，引申；
讲到他的勇敢和技术以及他在法兰德斯的战争，
他怎样甘愿同上帝的子民共受苦难，
他们报答他的热心，又怎样推他作普利茅斯的队长；
他生在一个世家，追溯他家的家谱
直推到英格兰，兰开夏，杜卜里哈的休斯迪斯清清楚楚；
他是赦士登德斯丹迪斯之孙，莱夫之子，
他是庞大财产的继承人，却受了卑劣的欺骗，
但仍然戴着族徽，他的盔饰是一只银色的
赤冠红绶的公鸡，还有其他的一切纹章。
他是一个光荣、高贵而慷慨的人，
虽然粗鲁，但却和气；要知道在冬天里
他是怎样去看顾病人，他的手和女人的同样温柔，
他不否认，他有点暴躁，性急，轻率，
严厉得像个军人，但是热心并且永远宽容，
不愿受人轻视讽嘲，因为他的身材矮小；
由于他的心地宽大，豁达，谦恭，勇敢；
普利茅斯的任何一个女人，不，英格兰的任何一个女人，
作了迈尔士·斯丹迪斯的夫人都会觉得幸福而光荣！

可是在他热情洋溢,用他质朴而善辩的言语,
忘却了他自己,全心全意赞美他的情敌的时候,
女郎顽皮地笑了,同时,眼里流溢着笑,
用一种颤动的声音说:"约翰,你为什么不替你自己吹
　嘘呢?"

第四节　约翰·奥登

约翰·奥登，惶惑而迷乱，像一个发狂的人
冲到外面，单身在海边游荡，
在沙滩上踱来踱去，光着头迎着东风，
冷却他发烧的眉额和内心的火热
像在使徒约翰的意念里，上帝的城
带着启示的光辉，慢慢地从天堂里沉落，
同样地，那广大的红日，带着它的云蒸霞蔚的
橄榄石的、碧玉的、青玉的城垣下降了，同时
在它的高耸的角楼上闪耀着天使用以丈量城市的金黄
　芦苇。

"欢迎啊，噢东方的风！"他狂喜地惊呼道，
"欢迎啊，噢东方的风，你来自雾气氤氲的大西洋的
　穴洞！

吹过海藻的田野，和无垠的海草的牧场，
吹过岩石的荒原，和海洋的岩穴与花园！
把你的冷湿的手放在我的灼热的额上，把我
紧裹在你的雾衫里，来减轻我内心的火热！"

像一颗醒觉的良心，海在呻吟，翻腾，
懊悔地高声地打击海岸的沉默的沙子。
在他的心中，情感的冲突竞争是猛烈的；
胜利而圆满的爱情，受伤而流血的友谊，
热烈的欲望的呼喊，迫切的责任的申诉！
"难道是我的错吗？"他说，"那位姑娘在我们中间作
　了选择？
他失败了是我的错？——我是一个胜利者也是我的错？"
随后他的内心里响起一个声音，像先知者的声音，
"那触怒了上帝！"——于是他想到了大卫的犯罪，
巴息巴的美丽的面孔，以及在战场上的他的友人！
羞愧，犯罪的恐慌，屈辱和自责，
立时压倒了他，于是他深自痛悔地大喊道：
"那触怒了上帝！那是撒旦的诱惑！"

随后他抬起头，望着海，模糊地看见了

停泊在那里的五月花号的黑影，
摇晃在潮头上，准备明天就启行。
他在雾里听见人声，绳索抛在
甲板上的声音，大副的叫喊，和水手们的"是啦，是啦"！
清晰而分明，但在黄昏的潮湿空气里，并不响亮。
他仍旧站了片刻，倾听，瞠视那只船，
随即匆忙地向前走去，像一个人，看见了一个幽灵，
停下，又加快了脚步，追随那招手的黑影。
"是的，现在我清楚了，"他喃喃地说，"上帝的手
牵引着我走出黑暗的国土，错误的束缚，
走过大海，它将涌起海水的墙垣来环绕我，
掩蔽我，切断那苦苦地追逼我的思想。
我越过大海回去，放弃这块荒凉的土地，
放弃我不该恋爱的她，以及我业已冒犯了的他。
宁愿躺在英格兰的青色的老教堂的墓地里，
挨近我母亲的身边，夹在亲人们的尸骨中间；
宁愿死亡，被人遗忘，也比生活在耻辱里的好！
我的秘密将和我一同长眠在黑而且窄的棺木里
安全，谨严，而又不可侵犯，像一枚埋藏的珍宝
闪耀在泥土的手掌上，闪耀在沉寂的暗室里，——
是的，作为将来的伟大婚姻的结婚戒指！"

这样说着,他转身,带着坚强的决心,
撇下了海岸,在暮色中急行,
穿过了和阴暗而沉默的森林的情调相同的幽暗,
才看见普利茅斯的七所房屋的灯光,
在黄昏的雾霭里照耀得有如七颗星星。
不久他就走进门,发现那位刚勇的队长
独自坐在那里,专心阅读凯撒的武功,
在海诺特或者卜拉本特或者法兰德斯的战役。
"你这趟差使跑了很久,"他带着一种愉快的神情说,
好像他正等待着回信,一点都不担心事情的结局。
"那所房子很近,虽然隔着森林,
可是你逗留得很久,当你来来去去的时候
我已经打过十场仗,并且消灭了一个城市。
来,坐下,好告诉我发生的一切事情。"
于是约翰·奥登说话了,叙述了奇异的经历,
从头到尾,详细地,正如事情的发生;
他怎样看见卜瑞思息拉,他又怎样上劲求婚,
只把她的拒绝说得委婉圆滑一点。
可是当他后来讲到卜瑞思息拉所说的话,
既温和而又残酷的话:"你为什么不替你自己吹嘘呢,

约翰?"

普利茅斯的队长跳将起来,在地板上踩脚,踩得
挂在墙上的盔甲,带着一种不祥的声音,铿然作响;
所有累积在胸中的愤怒突然爆发出来,
像一颗手榴弹,把毁灭散布在四周,
他大声狂喊道:"约翰·奥登!你背弃了我!
我,迈尔士·斯丹迪斯,你的朋友!你挤开我,欺骗我,
 背弃我!
我有一个先人曾用他的刀刺穿瓦特台敕儿的心;
谁能阻止我把我自己的刀刺进一个叛徒的心里?
你的罪更大些,因为你危害了友谊!
你住在我的屋子里,我把你当作一个兄弟爱抚;
你在我的饭桌上吃饭,在我的杯子里喝酒,我把
我的荣誉,最隐秘的心事托付给你,——
你原来也是一个布鲁特斯!哎,以后再也莫提起友谊!
布鲁特斯是凯撒的朋友,你是我的,但是自今以后我
 们之间只有战争和不可和解的仇恨!"
普利茅斯的队长这样说着,并且在屋里走来走去,
愤怒填膺;太阳穴上青筋暴露。
就在愤怒的时候,门口出现了一个人,
带来了火急的极端重要的消息,

风传含有敌意的印第安人入寇和战争的危机!
队长立即停住,没有再问也没有再谈,
从墙上的钉子上摘下他的刀和铁鞘,
扣上腰间的带子,狠狠地皱皱眉头便走了。
只剩下奥登一人。他听见刀鞘的铿锵声
越来越低微,消逝在远方。
于是他站起身来,望入黑暗,
觉得冰凉的空气吹在他的被骂得发烧的脸上,
他抬起眼睛望着天空,像在儿时那样,合起双手,
在沉寂的夜晚里向洞察一切的天父祈祷。

同时易恼的队长愤怒地走去开会,
他发现大家已经聚齐,焦急地等候着他的出席;
中年的人们,举止严肃而庄重;
其中只有一位老人,那就是普利茅斯的卓绝的长老,
他是最接近上天的山,盖满了雪,但却巍然独峙。
上帝挑选了三个王国,才找到这次播种的麦子,
于是精选了麦子,作为一个民族的生活的种子;
古代记录是这样说的,这也就是人们的信心!
靠近他们站着一个印第安人,他的态度严厉傲慢,
赤裸至腰,而且具有阴森的凶恶的相貌;

他们面前的桌子放一本没有打开的《圣经》,
庞大的,皮装的,缀有黄铜的钉饰,是在荷兰出版的,
《圣经》旁边铺陈一张斑斓的响尾蛇的蛇皮,
像一个箭筒一样,插满了利箭;那是挑战的一种信号,
印第安人带来的,它以箭一般的利舌说明了它的挑衅。
迈尔士·斯丹迪斯进来的时候就看见这种情形,并且
　听见
他们辩论用什么来答复战书和威胁才算合适,
说这说那,筹划,建议,反对;
只有一个声音主张和平,那便是长老的声音,
他认为只要有几个人归化,总比有人被杀
要聪明有益,因为这就是基督的德行!
于是迈尔士·斯丹迪斯,普利茅斯的健壮的队长发言了,
他的声音气得喑哑,在喉管里低声喃喃:
"什么话!你们以为要用牛奶和玫瑰露去作战?
你们把迫击炮架在教堂屋顶上,是轰击红色
松鼠呢,还是轰击印第安的红鬼?
真的,一个野蛮人所能理解的唯一语言
就是炮膛里发射出的火药的语言!"
普利茅斯的卓绝的长老听见这种无礼的话,
似乎有些惊讶,于是回答说:

"圣保罗不那么想，其他的使徒们也不那么想；
他们所说的绝不是发自炮膛的火药的语言！"
可是队长并不顾忌这种温和的责备。
他走到桌子跟前，一面继续说：
"把这件事交给我办，因为按理这是我的事情。
战争是一件可怕的交易，但如果是为了正义，
火药的气味也很甜蜜；我就这样答复挑战！'

他随即以一种突然的轻蔑的姿势从响尾蛇皮袋里，
倾出印第安人的箭，装上火药和子弹，
装得满满的，把它递给那个野蛮人，
并且声气如雷地说："这儿，拿去！这就是答复！"
浑身发光的野蛮人，带着蛇皮，
默默地溜出屋去，好像他自己也是一条蛇似的，
在黑暗中曲曲折折地走向密林深处。

第五节　五月花号的开行

黎明的灰色里，雾从草原上升起，
酣睡中的普利茅斯的乡村里起了骚动和声响；
武器的叮叮当当，和低声发出的威严的命令，
"开步走"，一阵脚步，随后是沉默。
雾里，十个人影，慢慢地走出村庄。
那就是健壮的斯丹迪斯，和他的八个英勇的兵，
在他们的印第安人向导，白人的朋友，郝宝莫克领导
　　之下向北进行去镇压野蛮人的暴动。
在雾中，他们显得像巨人，或者像大卫的勇士们；
在心灵上他们全是巨人，他们相信上帝和《圣经》，——
是的，他们相信打击米甸人和菲利士人。
他们的头上，远远地闪烁着早晨的朱红的旗帜；
他们的脚下，密集前进的波浪，震响在沙石上，
成一条线往前冲，又有规则地向后退。

他们已经走了许多里,普利茅斯的村庄
才从睡眠中醒来,起身,专心于它的各种劳动。
空气温和而新鲜;烟筒里的炊烟缓缓地
升在草房的屋顶上,稳定地指向东方;
人们走出门口,停下谈着气候,
他们说风向转变了,刮得对于五月花号有利;
谈到队长的离开,以及所有怕人的危险,
他是走了,这个市镇在他离开的时候应该怎么办?
鸟儿愉快地唱着歌,妇女们的轻柔的话音
随着赞美诗的歌声把家庭琐事化为神圣。
太阳从海里升起,波涛为它的来临而欢欣;
它的光照在群山的紫顶上是美丽的,
照在停泊的五月花的帆上是美丽的,
冬天的风暴把它弄得破旧污黑。
它的帆松弛地垂挂在桅杆上,
经过许多次大风的撕裂,水手们亲手补缀。
当太阳升起在大海上,突然从船身旁边,
喷出一股烟,向海心飘去,随即在
田野和森林的上边炮声大作,
回声应和,原来是启碇的号炮!

啊呀，在人们的心里引起更高的回声！
温顺地，低声地，大家诵读着《圣经》的篇章，
温顺地，开始了祈祷，临了作了热烈的恳求。
随后普利茅斯的巡礼者匆忙地从他们的屋子里走出来，
男人女人和孩子们，全都急急地走到海边，
焦急地，眼里含着泪，去和五月花号道别，
它飘海回家，把他们撇在这边的沙漠里。

他们之中的第一名就是奥登。他整夜躺着未睡，
在高热和不安中翻来覆去。
他看见迈尔士·斯丹迪斯很晚从会场回来，
大踏步走进屋去，并且听见他喃喃咕叽，
有时好像是祷告，有时听起来像在咒骂。
有一次他走到床边。在那儿静立了片刻；
随后他转过身去，并且说："我不叫醒他；
最好是让他睡下去；多谈又有什么用！"
于是他熄了灯，和衣睡到草床上，
准备天一亮就动身，——
身上盖一件他在法兰德斯作战时所穿的外套，——
像兵士睡在露营里一样，准备随时行动。
可是天一亮他就起身；奥登在熹微的晨光中看见他佩上

钢刀，和甲胄，
又把他的可靠的大马士革的刀系在腰间，
从屋角拿起他的毛瑟枪，大步走出屋去。
年轻人的心几次渴望去拥抱，
他的嘴唇几次企图说话，乞求原谅；
旧有的情谊完全恢复，带着温柔的感激之情；
但是他的自尊心控制了内心高贵的性格，——
自尊心，和冤屈的感觉，还有火烧似的侮辱。
所以他眼看朋友怒冲冲地离开，一句话也没说，
看见他走向危险，也许走向死亡，但是并没说话！
随后他从床上起来，听见人们所说的话，
参加了门口的司提芬、瑞查德和吉伯尔的谈话，
参加了晨祷，也参加了读经，
以后又随同别人急忙走到海滨，
一直走到普利茅斯岩，他们的脚未越过这里一步，
这岩石便是进入一个未知的世界的门槛——一个国家
　的基石！
船长也在小船的旁边，已经有点不耐了，
他恐怕耽误了潮头，或者风会转向东吹，
他身体结实、热心、强壮，身上带有一股海洋的气息，
跟这个和那个说话，把信件和包裹塞进

他的宽大的口袋里,还有一齐装进

他的窄隘的脑筋里的口信,终于把他弄得完全发了狂。

奥登站得靠小船更近,一只脚踏在船的上缘上,

一只仍稳稳地站在岩石上,时时和笔直地坐在

桨座上。一切都准备停当,急于要开行的水手们谈着话,

他也急于要走,藉以结束他的苦恼,

他想插翅飞去,离开失望,比风帆去得更疾,

他想把追逐他的魔鬼溺毙在海里。

可是当他注视人群的时候,看见了卜瑞思息拉

沮丧地站在人们中间,毫不注意眼前的一切事情。

她的眼睛盯在他的身上,好像已经察觉他的意向。

是那么悲哀的、指摘的、乞求的、忍耐的、凝注的眼光,

他的心突然一变,改换了原来的主意,

就如同离开悬崖;再多走一步,便是毁灭。

奇怪的人心变化莫测!

奇怪的人生,有些时机真是命中注定,关系非轻,

有如坚壁上的闸门依着枢纽而启闭。

"啊,留在这里!"他喊道。仰视上苍,

感谢上帝:它的呼吸驱散了雾和昏迷。

在雾的昏迷中,他目盲心乱,曾鲁莽地走向死亡。

"远处飘浮在太空的雪白的云

好像一只手在海洋上指着,招动着;
另外一只手,可不那么荒诞,怪相,
拉住我,向后拖;抓住我的手要求保护。
飘浮啊,云的手,在太空里消失了!
你把自己卷起,像个拳头,威吓我,吓唬我,我不管
你的警告或威胁,也不管任何凶恶的预兆!
没有什么土地像她的脚所践踏的那么神圣,
也没有什么空气像她所呼吸的那样纯洁卫生。
我要为了她的缘故留在此地,像一个无形的精灵永远
　　地飞翔在她的左右,保护她,支持她的精神。
是的,就如同我的脚在登陆时踏上的第一个岩石。
但愿上帝保佑,它也将是离开这里的最后一个!"

同时,遇事留神的船长,带着庄重的神气,留意观察
　　潮水、风向和天气。
在沙滩上走来走去,人们围挤在他身边
说几句最后的话,加强他的记忆。
随后就好像把舵似的,他握了每个人的手,
跳上小船,赶忙地向大船划去。
他心里高兴摆脱掉这一切激动挂虑,
高兴离开这块沙漠,疾病,忧愁,

缺乏粮食，只有圣书的土地！
巡礼者的道别声消失在桨声里。
啊，坚强和忠实的心！没有一个人跟五月花号回去！
凡是参加这次垦殖的人，没有一个回头的！
不久，人们听见船上的水手们绞起起重辘轳，
拔起沉重的锚，他们叫喊和歌唱，
随后帆桁套上绳索，向强劲的西风，
张开了全部的帆；于是五月花号离港了，
绕过格兰特湾的顶点，更向南
开过岛屿和沙角，以及初见场，
船的尾部受了风力的推送，向开阔的大西洋进发，
船飘浮在海水上，也飘浮在巡礼者们肿胀的心上。

他们长久地默默地注视着越去越远的帆，
好像那是什么有生命的有人性的东西，非常可亲；随后，
　仿佛是神灵附体，浸沉于一种先知的默示之中似的
普利茅斯的卓绝的长老，露出他的皓首，
说："我们来祈祷！"于是他们祈祷，感谢了上帝，获
　得了勇气。
岩石下的波浪哀伤地啜泣，在他们上边，
种在死亡山上的麦子躬身私语，而他们的亲人

好像也从坟墓里醒来,加入了祈祷。
大海的东边,闪耀着开走的帆影,
映得日照发白,像墓园里一块大理石的墓碑;
下面埋葬的永远是逃生的希望。
瞧!正值转身,他们看见一个印第安人
在小山上守望着;他们互相告语,
用伸直的手指点着说:"看呀!"他却不见了。
他们回到家,而奥登滞留在那里,
独自沉思,注视着岩石四周的大海
冲击的浪涛,阳光的闪耀;
他像神灵一样显而易见,行走于水面之上。

第六节　卜瑞思息拉

就那样,他站在海岸上沉思了一时,
想到许多事情,尤其是卜瑞思息拉;
仿佛思想,像磁石一样,由于微妙的自然法则,
有力量把它所触及的东西都吸到身边,
瞧呀!当他转身要走的时候,卜瑞思息拉已经
　　站在身边。

"你是那么生气,你不愿意和我谈话么?"她说,
"全是我的不是,昨天当你热烈地为别人辩护的时候,
　　我的冲动而任性的心却
为你自己辩护,
而且,也许忘记了礼节,说出了那种话来。
当然你可以原谅我说得那么坦白,说出
我不当说出的话来,可是现在我再也不能收回了;

因为在生命中有些时候心池充满了情感,
如果池塘偶然间受了震撼,或者某些不经意的字眼
像一块小石子落到底里,池塘便将泛滥,而那秘密
像水珠一样,流散在地面,再也不能回收。
昨天我听见你说到迈尔士·斯丹迪斯,
你赞美他的德行,把他的缺点改变为他的长处,
你称赞他的勇敢和力量,甚至他在法兰德斯的战斗,
好像单凭战斗你就能赢得一个女人的欢心似的,
你在褒扬你的英雄的时候,你相当地忽视了你自己和
  别的人们
那时我吃惊了,由于一种不可抗拒的冲动,我说出那
  种话来。
我希望,你会原谅我,为了我们之间的友谊,
那是十分诚挚而神圣的友谊,不应该那么轻易决裂的!"
于是约翰·奥登,学者,迈尔士·斯丹迪斯的朋友,
  便回答道:
"我不是跟你生气,我是跟我自己生气,
瞧我把别人付托我的事办得多糟。"
"不!"女郎立即坚决地回答说,
"不,你是跟我生气,因为我把话说得那么坦白而随便。
那是不对的,我承认;因为一个女人命里注定的

是长久忍耐与沉默,像一个无言的幽灵一样等待着,
直到问询的声音驱散了沉默的魔障
所以许多受罪的妇女们的内心生活
是阴暗、沉默而深沉的,像地下的河流
流过黑暗的洞窟,阒寂、深藏而荒凉,
以无休的无益的潺湲的流声摩擦着石头的河床。"
于是约翰·奥登,那个年轻的人,爱护妇女的人便回
 答道:
"断不是那样,卜瑞思息拉;真的,在我看来,
你们更像灌溉伊甸乐园的那些美丽的河流,
更像那流过哈维拉沙漠,使那土地充满喜悦
和美妙的花园记忆的幼发拉底河!"
"哦呀,从这几句话里,我可以看出,"女郎又插口说,
"你多么不重视我,不注意我说的话。
当我从心坎里,痛苦地,带着秘密的疑惧,
对你坦白地说话,只要求同情和亲切
你却立刻拿起我的明白的直接的热烈的话语
改变了它们的原意,用奉承的词句作答。
就你所有的最优良的品质来说,这是不对的,不公正的,
 不诚实的;
因为我知道你,敬重你,并且觉得你的品格是崇高的,

把我自己也提高到一种更高级的,一种更纯粹的水准。
因此我珍重你的友谊,而且也许更敏感地觉到它,
如果你说了什么暗示着我只不过是众人之中的一个的话,
如果你利用了那些平凡的奉承的词句,
就是多数的男人们认为用来对付女人是极好的,
而女人们则把它们当作无聊、侮辱而加以拒绝的那种
　词句。"

奥登默默地,惊异地,倾听和注视卜瑞思息拉,
心想他从没有见过她这么明丽,优美。
只不过是昨天,他还滔滔不绝地为别人说媒,
现在却为难地沉默地站在那里,找不到一个答复。
所以女郎继续说下去,一点也没察觉或者想象到
他内心的矛盾使他显得那么局促,缄默。
"那么让我维持我们现在的关系,想到什么便说什么,
而且在任何情况下,忠实于真理和友谊的神圣誓约。
我告诉你,我总是喜欢和你在一起,看见你,跟你说话,
这并不是秘密,而且我也不以宣布它为耻。
所以你的话使我难受,听见你催促我去嫁给你的朋友,
虽然他是迈尔士·斯丹迪斯队长,我也不免有点生气,
因为我必须告诉你实话:纵使你所认为的英雄是双

料的,
对于我,你的友谊比他所能给予的所有的爱情更为
　　宝贵。"
随后她伸出手来,奥登急忙握住,
他觉得他心中的异常痛苦的创伤
一摸到那只手便痊愈了,于是他带着一种充满了情感
　　的声音说:
"是的,我们永远做朋友在所有的以友谊奉献给你的人
　　们中间
让我永远做第一个,最可靠的,最亲近的一个!"

他们向远方的,沉向地平线下但仍然在望的
五月花号的闪光的帆投掷了最后的一瞥,
一同走回家去,带着一种奇异的、不明确的情感
好像所有的人都走开了,独把他们俩撇在沙漠里。
可是当他们走过阳光、微笑和祝福之下的田野时,
他们的心情变得轻松了,于是卜瑞思息拉很顽皮地说:
"现在我们的可怕队长已经追逐印第安人去了,
他在那边远比他管理一个家庭更为幸福
你可以放心大胆地说,告诉我当你昨天晚上转回去,
　　报告他

我是多么无情无义的时候,你们之间所发生的一切。"
于是约翰·奥登回答了,告诉她以全部的故事——
告诉她他自己的失望,以及迈尔士·斯丹迪斯的可怕
　的愤怒。
女郎微笑了,半开玩笑半认真地说:
"他是一根小烟囱,一下子就烧红了!"
可是当他温和地责备她,告诉她他是如何地受罪,——
他是怎样下了决心那天要随五月花号出发
但是一听可能发生的危险,便为了她的缘故留将下来
　的时候,
她的整个态度改变了,并且带着一种讷讷的语音说:
"为了这件事,我真心地感谢你!你一向对我是多么
　好啊!"

就这样,像一个前往耶路撒冷的虔诚的巡礼者,
向前走三步,又勉强地后退一步,
敦促他向前的是迫切的热诚,留住他不放的是忏悔的
　痛苦;
迟缓而确实地向前,后退,然而永远前进,
这个清教徒的青年向他景仰的圣地跋涉前进,
被爱情的热力鼓舞着,被懊悔的疑惧抑制着。

第七节　迈尔士·斯丹迪斯的进军

同时那个勇壮的迈尔士·斯丹迪斯毅然地北进
纡曲地穿过森林和沼地，沿着海岸的方位，
整天，一步也不停，怒火在他的内心里
烧灼爆裂，而火药的硫黄气味
对于他的鼻管好像比所有的树林的香气更为甜蜜。
他沉默地阴郁地走着，反复思量他的苦恼，
他一向是习惯于成功和轻易的胜利的，
就这样受到了一个姑娘的愚弄、拒绝和嘲笑，
就这样受到了他所最信赖的朋友的揶揄与背叛，
啊！那是太难忍受了，他的身子在甲胄里磨来磨去。
"只怪我自己，"他喃喃地说，"因为我的行为真愚笨。
一个粗鲁的老兵，在行伍中变得阴森而苍老，
习惯于军营生活的兵，何必去向姑娘们求婚？
那只是一个梦，——让它过去吧，——让它像好多别

的梦同样消逝吧!
我所认为是一朵花的,只不过是一根野草,毫无价值;
我要从心里将它摘掉,丢开它,从今以后
只作一个战场上的战士,一个恋爱和追求危险的人!"
当他白昼行军或者夜间躺在树林里
仰观树木以及树木之外的星座时
他就这样反复思量着他的可恼的失败和苦闷。
经过三天的进军他走到印第安人的一个营地
扎在草原的边缘上,海和森林的中间;
妇女们在帐幕旁边工作,涂着可怖的花脸的战士,
坐在火的跟前,一块儿抽烟谈天;
当他们远远地望见白人突然逼近
望见太阳在胸甲、枪上的闪光,
他们立时跳了起来,其中有两个走来
和斯丹迪斯谈判,并且把皮子献给他作礼物;
他们的眼里含着友谊但包藏在心里的却是仇恨。
这两人是族中的勇士,身躯高大的两兄弟,
魁梧得像盖特的戈利亚特,或者像巴田的王,可怕的
　　俄格;
一个名叫派克休特,另一个叫作瓦特瓦玛特
他们的颈子上悬挂着插在贝壳鞘内的刀,

两刃的,锐利的刀,刀尖快得像针尖。
别的武器他们一样都没带,因为他们是狡猾的。
"欢迎,英国人!"他们说,——这句话是他们
跟有时靠岸来买卖皮货的商人那里学来的。
随后他们用土话开始和斯丹迪斯谈判,
由他的向导,白人的朋友郝宝莫克做翻译,
乞求毯子和刀,但最多的还是毛瑟枪和火药,
他们说那是和瘟疫一起,由白人储藏在地窖里,
随时都可以放出来,消灭他的弟弟红人的东西!
可是当斯丹迪斯拒绝的时候,并且说他愿意给他们
《圣经》,
突然间他们改变了语气,开始大言恫吓了。
瓦特瓦玛特大踏一步,走在另一位的前面,
带着一种倨傲的态度,骄矜地对队长说话。
从队长的火似的眼睛里,瓦特瓦玛特可以看出
他心里是愤怒的;可是勇敢的瓦特瓦玛特的心
并不害怕。他不是女人生的,
而是在一座山上,在夜里,从一株被雷劈开的橡树里
　诞生的。
他带着随身的武器,向前一跳,
大喝道:"谁敢来和勇敢的瓦特瓦玛特较量?"

随后他拔出刀来,在左手上荡荡刀刃,
高高举起,刀柄上显露了一个女人的面孔,
他带着一副凶狠的表情和恶意的神气说:
"我还有一把在家里,柄上带有男人的面孔;
不久它们便结婚;会生出许多孩子的!"

随后派克休特站将出来,神气十足,辱骂着迈尔士·斯
　丹迪斯,
同时用手指抚摸着挂在他胸口的刀,
把它从鞘里抽出一半,又插进去,一面喃喃说:
"等等它就会看见,就会有东西吃,哈,哈!但是莫
　说话!
那就是白人派遣来消灭我们的伟大队长,
他是一个矮子;让他去跟女人们工作去吧!"

同时斯丹迪斯注意到印第安人的身影和面孔
匍匐在森林的树叶里面向外窥探,
假装打猎,箭扣在弦上,
埋伏的网越缩越小,
但是他无畏地站在那里,佯作不知,圆滑地对付他们
前代的古老传记里就是这么样写的。

可是当他听见他们的抗辩、夸口、挑拨和侮辱,
休爵士和赦斯登德斯丹迪斯遗传下来的、种族的热血
在他的心里沸腾,汹涌在他的太阳穴的血管里。
他猛的扑向那个夸口者,从他的刀鞘里拔出刀来,
插进他的胸膛,那个野蛮人,踉跄倒退
仰面朝天跌倒在地上,脸上挂着一副凶相。
森林立即升起可怕的战争吼叫,
像十二月的呼啸的寒风吹送的一阵雪花,
一阵羽箭迅速而突急地射了过来。
随后起了一阵烟,烟里又闪出电光,
电光里不发出雷声;看不见的死亡飞驰在雷声的前面。
野人们吓住了,向沼地和密林里逃窜,
受到火急地包围追赶,但是他们的头目,勇敢的瓦特
　　瓦玛特,
逃不掉了;他死了。一颗子弹笔直而迅速地
打穿了头脑。他倒下了,双手紧抓住草泥,
好像在弥死时还要从他的仇敌的手里收回祖先的土地。
战士们的尸首躺在草原的花草上,郝宝莫克,
白人的朋友,沉默的,抱着两臂,站在那里俯瞰着他们。
最后他微笑着向健壮的普利茅斯的队长说:
"派克休特牛皮吹得很响,夸耀他勇气、体力和身躯,

嘲笑伟大的队长，把他叫
作矮人；可是现在我看见你伟大极了，把他哑口无言地
　　放倒在你的面前！"

就这样健壮的迈尔士·斯丹迪斯打胜了第一仗。
当消息传到了普利茅斯的村庄，
当勇敢的瓦特瓦玛特的首级作为一件战利品
吊在那堡垒兼作教堂的屋顶上，
凡是看见了的人，都兴高采烈，赞美上帝，获得了勇气。
只有卜瑞思息拉掉头不看这类恐怖的景象，
心内感谢上帝她并没有和迈尔士·斯丹迪斯结婚；
畏惧，几乎是害怕他从战场上回来，
对她提出结婚的要求，作为对他的武功的奖赏。

第八节　纺车

月复一月地过去了，秋天里商船给巡礼者们载来亲戚
　朋友、牲口和粮食。
村庄里一片和平气象；人们专心于他们的劳作，
忙着伐树，建筑，布置花园和房舍，
忙着垦荒，在草原里割草，
在海里捕鱼，在森林里猎鹿。
村庄里一片和平景象；但战事的谣言有时
使空气中充满了惊惶和危险的疑惧。
健壮的迈尔士·斯丹迪斯率领着他的兵丁勇敢地在小
　路上巡行，
他在战争中变得英武，击败了夷军，
他的名字对于各族成了一种可怕的声音。
他心里仍然愤怒，但在崇高的性格中，
随着热情以俱来的懊悔和自责，

像潮水的高涨，冲击着河水和急流
暂时地阻住水流，却使它变得激越苦涩。

同时约翰·奥登在乡里也建筑了一处新的住所，
坚固，结实，是用森林里伐来的最好木料做的。
木棚的门，屋顶上铺的是兰草；
有格子的窗户，窗棂上糊的是纸，
油过，为的是透光，同时并挡风雨。
他还在那里挖了一口井，井四周开了一个果园
也许直到今天都能看出井和果园的一些遗迹来。
接近屋子的是畜栏，那里安全保险，不虞骚扰，
在牲畜方面，奥登分配到的白色的牡牛
和花牛会在夜间，在充满了荷薄草的香气的、
收割过的牧场上咀嚼草料。

当他的工作完毕时，这位迷迷糊糊的人
常常在浪漫的错觉，微妙的骗人的空想，
假装作责任的愉悦，貌似友谊的爱情
的索引之下，以急遽的脚步，顺着那通过树林
的小径走向卜瑞思息拉的屋子
他老是想着她，当他构筑住宅的墙壁的时候，

他老是想着她,当他在花园里掘土的时候,
他老是想着她,当他礼拜天在《圣经》里读到
对于那位有德的妇人的赞美,像《箴言》篇里所描写
　的那样,——
她的丈夫一向是怎样放心地信任她,
她每天的生活是怎样对他有益而无害,
她是怎样寻找羊毛和亚麻欢欣地工作
她是怎样动手去,把住纺锤和卷线竿,
她是怎样不为她自己和她的家属担心冰雪,
因为她知道她的家属都穿着她织的红布!

有一个秋天的下午她坐在纺车前面,
奥登坐在她的对面,注视着她的灵活的手指,
好像她正在纺的线便是他的生命和命运的线
他们的谈话停顿了一下之后,他便在纺车声中说话了。
"真的,卜瑞思息拉,"他说,"当我看见你纺了又纺,
一时也不闲,勤俭的,只为别人着想;
突然间你变了,显然地一下子就改变了;
你不再是卜瑞思息拉,而是那个美丽的纺手贝尔娜。"
说到这里,踏板上的脚越蹬越快;纺车
发出了一种怒叫,她手中的线突然断绝;

而那位兴奋的说话者,不顾这件乱子,继续说:
"你就是美丽的贝尔娜,那位纺织妙手,亥尔瓦西亚的
　　皇后;
我在南察浦敦大街上的一家剧场里曾朗诵过她的故事,
当她骑着她的小马,走过山谷,草原,大山,
老是从一根钉在马鞍上的卷线竿上纺她的线。
她是那么勤勉良善,她的名字转为一种谚语。
等到这架纺车不再在这农夫家里轧轧作声,
不再以音乐充满这个房间,你自己的名字也将变成一
　　句俗话,
那时的母亲们,带着训诫的口气,讲到她们儿时的情形,
赞美古老的日子,和纺织妙手卜瑞思息拉的时代!"
美丽的清教徒女郎立即从纺车边站起身来,
他夸赞她勤勉,她觉得高兴,因为他的夸赞是最甜蜜的,
她从桌子上的绕线筒上抽取一支她纺的雪白的线,同
　　时答复奥登的恭维话:
"来,你别闲着;如果我是王妇的一种典型,
你也应该表示你同样有资格作丈夫的标准。
把这支线套在你的手上,我把它绕起来,准备缝纫;
那么自今而后,谁又知道,等风气和习俗都有了改变,
父亲们也许会对他们的儿子讲到约翰·奥登的时代!"

就这样,边闹边笑,她把线圈套在他的手上,
他尴尬地坐在那里,两臂张在面前,
她大方地笔直地站在那里,从他的手指上绕线,
有时指责一下他的笨拙的拿线的姿势,
有时在灵巧地解开纱线缠结的时候,
碰到他的手,不经意地——她如何能顾得到呢?——
　把电流传到他身体中的每
一根神经。

瞧!就在这种情景之中,一个气喘吁吁的信差走了进来,
急忙忙地带来了村庄方面的消息。
是的;迈尔士·斯丹迪斯死了!——一个印第安人把那
　消息带给他们的,——
他中了伏,跟他的全部士兵失去了联络,
在阵前被一支毒箭射死;
全镇都要被烧光,全部的居民都要被害死!
这就是打击在听者的心上的险恶的消息。
卜瑞思息拉默默地偶像一般地站在那里,她的脸
仍旧回顾着报信人的脸,她的臂恐怖地举了起来;
可是约翰·奥登,猛然起身,就好像箭的芒刺

不仅刺穿他朋友的心,并且也刺穿了他自己的心,
并且永远地切断了把他绑得像个俘虏似的束缚,
过度的紧张使他疯狂,获得了自由的无限的欢喜
和痛苦懊悔交织在一起,没有意识到他是在做什么,
几乎是带了一声呻吟,他把动也不动的卜瑞思息拉紧
　紧地搂住,
把她紧贴在他的心上,好像她永远是他自己的,并且
　大呼道:
"上帝所结合在一起的人们,谁都不能把他们分开!"

简直就像两条小河,源自相距甚远的不同的地方,
当它们流过岩石,每一条遵循它自己的迂曲的途径的
　时候,
它们老远地互相瞻望,但越流越接近,
最后在森林中的约会的地方,交流在一起;
同样地,这两个生命,他们以前奔流在不同的水道里,
彼此已经可以互相看见,随后又被坚强的障碍分开,
流远流开,但又越流越接近,
最后终于交流在一起,汇合得毫无痕迹。

第九节　结婚的日子

从云幕和大紫大红的天幕里，
闪出太阳，那伟大的最高的牧师，穿着灿烂的衣裳，
他的额上，有光辉的字样，代表上帝的神圣，
他的长袍边缘上饰有黄金的钟和石榴。
他前来祝福世界，他下面云气的柱
闪烁得像黄铜的炉格，而他的脚下的海等于一个洗盆。

这就是那个清教徒姑娘结婚的早晨。
朋友们聚集一块，地方的长老和官吏
也亲自参加，站在那里像法律和福音
一个代表尘世上的准许，一个代表上天的祝福。
婚礼淳朴简单，就像鲁斯和饱埃斯的一般。
青年人和姑娘轻轻地重述着婚约，
按照清教徒的方式，和可钦可佩的荷兰风俗，

在地方官的面前认为夫妻。
于是普利茅斯的最好的长老,热心地,虔诚地
为置基在爱情上的家庭祈祷
说到生和死,恳求上天的恩惠。

瞧!当仪式完毕时,门口出现了一个人影,
身披铠甲,一个沮丧而忧郁的形体!
为什么新郎吃惊地瞅着那神圣的显灵?
为什么新娘面色转青,把头埋在他的肩上?
难道那是一个幻影,——一个无形的、幽灵的假象?
难道是坟墓里出来的鬼魂,前来阻止婚事?
他在那里站了许久,没人注意一位未受邀请也不受欢
　　迎的客人;
他的蒙眬的眼睛上有时闪过一种表情,
冲淡了阴郁,透露了隐藏在下面的温暖的心,
就像一片横过天空飞驶的阴云
暂时稀薄了,露出了太阳的光辉。
有一次他抬抬手,动动嘴唇却没作声,
就像钢铁的意志控制了飘忽的意向。
可是等到盟誓、祈祷和最后的祝福结束,
他大步走进屋来,于是人们惊奇地看见

裹在甲胄里的原来是迈尔士·斯丹迪斯,普利茅斯的
　队长!
他抓住新郎的手,激动地说:"原谅我!
我生了气,伤了心——我长久地怀抱那种心情,
我残酷顽强,但是现在,感谢上帝!告了段落,
我身上流的依然是跳动在休斯丹迪斯的血管中的热血,
敏感,易于憎恨,但也同样易于认错。
迈尔士·斯丹迪斯从来没有像现在这么友爱约翰·奥
　登过。"
于是新郎回答说:"让我们忘记我们之间的一切,——
除了那越过越悠久越来越亲密的亲爱历久的友谊!"
随后队长走上前,鞠躬,对卜瑞思息拉敬礼,
端重地,带着英格兰老式的绅士的样子,
军人气和宫廷气,都市气和乡下气混杂在一起,
祝她婚姻快乐,并且高声地称赞她的郎君。
随后他微笑着说:"我要记住那句谚语,——
如果你要称心如意,你一定要亲自做去;还有,
谁都不能在圣诞的季节里在肯特采摘樱桃!"

人们甚为惊奇,然而更甚的是他们的欣喜,
因为他们又看见他们队长的黝黑的面孔,

而这个人是他们曾当作死人哀悼过的；于是他们聚拢在
　他的身旁，
急切看他，听他说话，忘记了新娘和新郎，
追问，回答，喧笑，这一个打断了另一个的人的话，
直到那位好队长被弄得头昏脑涨，他宣称说
他宁愿突入一个印第安人的营地，
也不愿再出席一个未受邀请的婚礼。
呼吸着那个温暖而美丽的早晨的芬芳的空气。
伸展在面前的土地，荒瘠待垦，
略带一点秋意的阳光更是凄凉孤寂；
那里有死人的坟墓，海岸上的荒地，
那里有熟悉的田亩，松林和草场；
而今，一切都已改变，好像是伊甸乐园，
到处都有上帝的踪迹，海洋的响声就是他的语音，

他们的意境不久便被道别的骚动和喧哗扰乱，
朋友们从屋里出来，急于早点走开，
每个人都有当日的计划和剩下的未完成的工作，
奥登，有心的、小心的人，是那么快乐，以卜瑞思息
　拉为骄傲，
从近旁的畜厩里，在大家的惊奇与喝彩声中，

牵出了雪白的牧牛,一根绳系在鼻管里的
铁环上,亦步亦趋地跟随着主人的手,
身披朱红色的布,背上放一个垫子当作鞍子。
他说,她不应走在灰尘和中午的炎热里。
不,她应该骑在马上像个皇后似的,不能像一个农妇
　步行。
起初她有些吃惊,但别人劝她放心,
于是她把手放在垫子上,把脚放在丈夫手里,
高兴地,带着喜悦的笑,卜瑞思息拉跨上了她的坐骑。
"现在什么都不缺少了,"他微微一笑说,"除了一根卷
　线竿;
你真是我的皇后,美丽的贝尔娜!"

现在喜事的行列向他们的新居走去,
欢欢喜喜的丈夫、妻子和朋友们一起谈笑。
当他们涉过森林中的浅滩时,小溪愉快地潺湲,
高兴有这种丽影,像透过心胸的一个爱情的梦,
颤动,飘逸,越过青碧深渊的底里。
太阳向金黄色的树叶注入光彩,
闪耀于悬在头顶的紫葡萄,
它们的香气和青松以及无花果树的香混在一起,

和丛生在艾斯高尔山谷中的同样甜蜜。
像一张原始和游牧时代的图画，
因为人世间的青年而鲜明，使人想起丽伯嘉和伊萨克，
古老然而常新，朴素而又永远美丽，
在连绵无尽的爱人们之间，爱是不朽而又年轻的。
同样地，结婚的行列在普利茅斯的森林中前进。

诗 选

金星号的沉没

冬海里航行着
金星号帆船；
船长偕着他的小女，
他把她作为他的陪伴。

她的眼睛蓝得像亚麻，
　　她的面颊红得像朝霞，
她的胸脯白得
　　像五月将开的山枦的花芽。

船长坐在舵轮旁边，
　　嘴里叼着烟斗。
他注视着烈风的方向，
　　烟一会儿向西一会儿向南。

后来一位曾经航行西班牙大海的
　　　老水手站起来说：
"请你千万在那边的港口下锚
　　　因为我担心有场暴风来喽。

昨夜月旁有一道金环，
　　　今夜我们看不到月明！"
船长吸了一口烟，
　　　他发了一阵斥责的笑声。

风刮得越大越冷，
　　　一阵狂风从东北来临，
云在大海里淅沥降下，
　　　浪涛好似酵麦泛起泡沫。

暴风雪来了猛力地击着，
　　　船在拼命挣扎；
她颤抖犹豫好似一匹受惊的骏马，
　　　然后她又跳动挣扎。

"这边来！这边来！我的小女儿；
 　　不要这样发抖；
无论多大的风暴。
 　　我都给平安渡过。"

他把她温暖地包在他的水手的上衣里
 　　抵抗刺骨的风吹；
他从破断的圆材上剪了一节绳索，
 　　把她缚在桅墙。

"啊，爸爸，我听见教堂的钟响，
 　　啊，那到底是什么？"
"那是岩石封锁的海岸上的一个雾钟！"
 　　于是他向着大海驶行。

"啊，爸爸！我听见了炮声，
 　　啊，那个到底是什么？"
"有艘受难的船只，
 　　它不能在这样暴怒的海里生存！"

"啊，爸爸！我看见了一线闪烁的光亮，

啊，那到底是什么？"
但是父亲没有回答这一句，
　　他已经成了冻僵的尸体。

他十分僵直地面向舵轮
　　他的脸朝着天空，
灯笼从闪烁的雪里
　　映照着他的呆滞的眼睛。

于是女儿合起手来祈祷
　　希望她能把他救护；
她想起在加利里湖上镇平浪涛的
　　耶稣基督。

船好似包着寿衣的鬼，
　　经过黑暗惨淡的中夜，
通过呼啸的霰雪，
　　奔向诺曼窝的暗礁。

在旋吹旋止的风里
　　从陆地送来一种声音；

那是冲击岩石和坚硬海滩的
　　　波浪的声音。

碎岩机正在船首下面,
　　　它漂向一个可怕的沉没,
一阵咆哮的飓风吹扫船员
　　　好似从舢板上吹扫垂冰一般。

它在看去柔软得好似梳顺羊毛的
　　　白浪里挣扎,
但是无情的岩石好似怒牛双角
　　　冲刺着它舷侧。

发着急速锐厉声音的桅杆索盖满了冰雪,
　　　它随着桅杆一齐倒向舷侧;
它好似一艘玻璃造的帆船破碎而沉没——
　　　这时碎岩机还在咆哮着。

黎明时分
　　　一个渔夫惊愕地站在荒凉的海岸上,
他看见了一个美丽的少女的人体

紧紧缚在一支漂浮的桅杆上。

辛酸的眼泪
　　　结冻在她的眼里；
头发好似那海藻，
　　　随着波浪起伏。

这是在中夜和风雪里
　　　金星号的沉没！
在诺曼窝的暗礁，
　　　耶稣从这样一种死亡里拯救了我们。

农村的锻工

一株繁茂的栗树下边
　　有座农村的锻场；
锻工是个强大的汉子，
　　他生着强壮的手；
他的雄健臂腕的筋肉
　　好像铁铸似的坚硬。
他的头发卷缩，黑，长；
　　他的脸是黑褐的；
诚实的汗润泽了他的眉毛，
　　他挣他能挣的钱，
他在谁的面前都能抬起头来，
　　因为他不亏负任何人。

一周两周，

从早到晚，
你能听见他的风箱在吹；
　　你能听见他在挥动他沉重的大锤，
他用有节奏的缓慢的锤击，
　　好像夕阳西下时候乡村教堂里敲钟人敲钟一样。

小学生下学回家
　　从敲开的门往里看；
他们爱看冒着火焰的熔炉，
　　他们爱听风箱的吼声，
他们爱捉好像打谷场上的谷皮似的
　　飞动的燃烧的火花。

星期日他到教堂去，
　　坐在他的儿女们中间；
他倾听牧师的祈祷和传道，
　　他倾听他女儿
在乡村唱诗团里唱出的声音，
　　他心里感到了愉快。

他觉得她的声音

好像她母亲在乐园里唱出来的声音！
他一定又想起了她
　　不知道她在坟墓里休息得怎样；
于是用粗硬的手
　　抹去他眼里的泪。

劳作——愉快——悲伤，
　　他在人生里努力向上；
每天早晨他看见了一件工作的开始，
　　每天晚间看到它的结束；
有的工作在计划，有的完成了，
　　然后他得到了一夜的休息，

多谢多谢你，我的宝贵的朋友，
　　你曾给了我一个教训！
于是在冒着火焰的人生的熔炉里
　　我们的幸运一定可以铸造；
于是在它响着的铁砧上
　　造成了每个燃烧的事业和思想。

二月的一个下午

白昼过了,
夜降临;
沼泽结冻,
　　河也死气沉沉。

赤红的阳光
通过灰似的云
闪耀地
　　把村舍的窗牖照得通红。

雪下了;
埋没的篱笆
不能再表示
　　平原上的道路;

一个送葬的行列
好像一串可怕的阴影
慢慢地
　　走过了草地。

丧钟在响，
我心里一切的感情
响应着
　　这种凄惨的钟声；

阴影绵绵，
我的心在哀痛
它好似一只丧钟
　　在我胸中敲动。

混血女

奴隶贩子
    把他的怠惰的帆船在广阔的礁湖里下锚；
他等候着升起的月亮
    等候着晚间的海潮。

他的船在岸边下锚，
    他的无精打采的船员
注视着灰色的湖鱼
    滑入静寂的湖口。

柑橘和香料的气味
    不时地送到他们身边，
好似从乐园散出来的空气
    送到一个罪恶的人间。

种植场主坐在他的草屋里,
  深思地慢慢地吸烟,
奴隶贩子的拇指已经在小索环上,
  他似乎急欲走去。

他说:"我的船
  就泊在那广阔的礁湖里;
我只在等待晚潮
  和月亮的升起。"

他们面前站着一个混血少女
  她的脸仰起,
她的样子畏怯,
  又有点儿惊异。

她的大眼睛充满了光亮,
  她的脖子和臂腕裸着;
除去一件淡色的裙子和黑亮的长发,
  她没有穿着别的衣裳。

她的唇边浮着微笑
  神圣，温柔，怯弱，
好似某个大教堂通廊里的灯烛
  一个圣者的形象。

"地瘠——田老，"
  深思的种植场主说；
然后看着奴隶贩子的金子，
  又看着这个少女。

他的心
  和这种可咒诅的获得争斗：
因为他知道是谁的爱情给了她生命，
  谁的血在她的血管里流动。

但是人性的声音太弱了；
  他接受了放光的金子！
于是死人似的苍白在少女的双颊浮现，
  她的两手好似冰样地冷。

奴隶贩子拉着她的手，

从门口把她领走,
在辽远的异乡
　　她要成为他的奴隶和肆淫的工具!

春田兵工厂

这是兵工厂。
  从地板到天花板,好像一个庞大的器官,生出了
   光亮的兵器;
但是从它们没有言语的铁管里没有发生赞美诗
  只用生疏的警号惊骇着这些乡村。

啊,当死神触动那些灵活的键钮时,
  它们要发出何等野蛮可怕的声音!
何等大声的悲欢和凄惨的哀求
  跟它们可怕的交响乐混合起来!
甚至现在我还听见无穷的凶猛的合唱,
  悲痛的呼叫,无尽的呻吟,
它们经过我们出生之前的世代,
  以长时的反响达到我们身上。

萨克逊人的铁锤在盔甲上面挥动，
　　北欧人的歌声吼遍了辛布莱森林，
在宇宙的骚难之中，
　　遥远的沙漠上洪亮地响着鞑靼人的锣声。

我听见佛罗伦萨人
　　从宫里喧噪地推出了他的战钟，
亚斯台克僧人站在他们庙坛上
　　敲击着蟒皮做的野蛮的战鼓。

每个焚烧洗劫的乡村都在惊骚；
　　一切乞怜的呼求都音声渺渺；
兵营在大量的劫掠品里狂欢，
　　饥民在被围的城里哀号。

爆裂的炮弹，扭碎的大门，
　　咯咯的小枪，铿锵的刀刃；
时常用雷霆的音调，
　　演出炮轰的合奏。

啊，你难道想用这种巨大和谐的噪声，
　　用这种可诅咒的工具，
淹没人性的甜蜜和善的声音？
　　搅乱天上谐调的声音？

倘若有一半用恐怖填满世界的力量，
　　倘若有一半花在兵营和宫廷的财富，
用在拯救人心出于错误的上边，
　　那就不必再有兵工厂或堡垒。

那时战士的名字要成为一个被憎恶的名字！
　　任何再举起手来打他兄弟的国家
它的额上
　　要永远刻上凯恩①的诅咒！

经过若干世代，在遥远的未来，
　　炮声的回响逐渐微弱，然后停止了；
我又听见耶稣说的"和平！"的声音，
　　好像严肃甜蜜地震动着的一种钟声。

---

① 凯恩，亚当的长子，杀其弟阿倍尔者。

和平!
　　战争的大器官的爆裂
不再从铜口里发出来撼动天地!
神圣的爱的音调出现了,也似永生者的歌曲那样美丽。

献给丁尼生

诗人！我来把我的枪矛和你的枪矛接触；
  不是作为一个武士在比武场上
  向着他的对手的盾牌
  表示挑战，却是
向着你的英文诗歌里的优势表示臣服，
  我不愿意像条结冰的小溪，
  把我对于你的入神的诗篇的敬仰
  不说出来，而藏在心里。
啊，你甜美的心灵的历史家！
  你不是那种用艺术的舞蹈
  扰碎人们脑髓的号叫的修道的歌者。
所以光荣属于你，
因为你对诗人艺术的忠诚，
我们的爱和忠诚也属于你。

诗人及其诗歌

好似春天的鸟儿,
　　我们不知道它来自何处:
好似傍晚的星儿
　　来自天空深处;

好似雨来自云间,
　　好似小河来自地面;
一种或高或低的声音
　　突然从寂寞里出来;

好似葡萄长到葡萄树上,
　　果子长到果树上;
好似风吹到松林,
　　海潮涌到海上。

好似白帆

　　　在海洋边缘出现；
好似微笑来到唇边，

　　　泡沫来到波涛上面。

诗人的诗歌这样来了，

　　　都吹向这边，
从茫茫的国土，

　　　从广漠的不可知的地方。

他吟着短诗

　　　短诗是他的也不是他的；
短诗的名望，一个名字的赞扬和光荣

　　　是他的也不是他的。

白天声音追逐他，

　　　夜间萦绕着他，
他倾听着，当天使说"写吧！"

　　　他不能不服从。

在海港里

填筑
在思想的海上填筑,
我寻求的土地仍未得到,
我的心悬上了松弛的帆,
等待着幸运的和风。

前边,后边,
海像一面地板展开了——
一面平坦的紫水晶的地板,
上面罩着烟雾的穹窿。

吹罢,灵感的呼吸,吹罢!
摇撼并且举起这个金色的光辉!
用你那天上的和风

填满我的心帆。

吹罢,诗歌的呼吸!吹得我感觉到
紧张的帆,高起的龙骨,
觉醒的海的生命,
生命的运动和神秘!

俄西里斯

伟大的尼罗河
依然贯流着埃及荒凉的地方；
伟大的石脸
　　带着忍耐的微笑从它的两岸注视着。
傲慢的金字塔
依然冲刺着无云的天空，
斯芬克斯用它神秘严肃的石眼，
　　依然注视着。

但是古埃及的半神半人和国王们
现在哪儿呢？
只剩下石碣和环子上

镌刻的铭文。
　最古的
　　　宙斯①和赫淮斯托斯②现在哪儿呢？
把握着他们的秘诀的俄西里斯，
　　　现在哪儿呢？

他写的汗牛充栋的书册
　　　现在哪儿呢？
因为术士们的抢掠
　　　损毁在辽远的地方；
永久湮没无闻，
　　　好似一阵风暴扫过大地，
把散破的泥沙
　　　吹陷在河里。

这个幻术家
　　　似乎包在一层雾里
深思着，
　　　好似幽灵幻的一种灵幻东西。

---

① 宙斯，天界主神。
② 赫淮斯托斯，掌管火与金属的神。

我们觉得
　　他似乎是缥缈、虚幻、非现实的，
　　　他在一个理想世界
　　　　　一个梦幻的国土里漫步。

　　他是像许多小溪集注的
　　　　一道急流？
　　他是一个
　　　　集成的名字和声誉么？
　　它用集聚的力量
　　　　急速地流
　　流入从无数湖沼来的
　　　　甜美的水里。

我看见他在尼罗河畔徘徊，
　　　不时地停住脚步，
　　他沉思着
　　　　神与人之间的神秘的结合；
　　他极高兴地
　　　　一半相信，完全感觉，
　　隐蔽的神们

如何把人提高到神的标准。

或者在底比斯,
　　在百门市,在大道上,
他俨如列入圣徒的
　　卜者的姿态呼吸着;
在不谐和的噪音里,
　　在拥挤的人群里,
远远听到天上的声音。
　　奥林波斯山上的歌唱。
谁能说他的梦想是荒诞?
　　谁曾探查或者寻找
一切未经发现的广阔的
　　思想的宇宙?
谁能相信自己的技巧
　　可以用一条尺度
测量划分人与神之间的
　　边疆?

俄西里斯!你这三界最伟大的人物,
　　你崇高的名字

怎样流传到
　　　这个最近的时代的子孙!
他们写就书籍
　　随着他们的性命毁灭
但是在这分崩离析的时代
　　他们的名字依然存在!

啊,你这个埃及僧人,
　　后来我在辽阔的
杂草围绕的,阴郁庄肃的昔日的坟园里
　　发现了你的书篇;
于是在那朦胧的岸上
　　有个阴影在我眼前游动,
好像一阵风从我面前撩过,
　　然后再也看不见了。

诗人日历

一月

1

我是杰努斯①；我是最老的掌权者；
　　我向前看，向后看，向下看，
我是守护街衢和大门的神，
　　我数着从我门里来往的岁月。

2

我阻碍道路，我用积雪盖住了田地；

---

① 杰努斯，系罗马神话中的两面神，司百物之初及天门者。

我从结冻的泥泽里赶走了野禽；
我的冷酷冻住了流动的江河，
　　我的热情燃亮了炉子和人类的心。

二月

我是清洁；海是我的！
　　我用潮水洗涤沙砾和海岬；
我的眉头罩着松枝；
　　鱼在我马车轮子前边滑游。
一切不洁东西被我洗净；
　　人类的灵魂又被我洗得洁白了；
甚至那些死者的不可爱的坟墓
　　我不唱一首悼歌就把它们一切污点都洗净。

三月

我是马修斯！从前是马修斯第一，现在是第三！
　　我被指派的工作是领导岁月；
一个凡人的一句话取消了我的职权
　　双面孔的杰努斯接替了我。

于是我向一切人类挑战；
　　我用暴风摇撼城市；
我泛滥江河，消灭河岸，
　　我用大雨淹没农场和村庄。

四月

我广开春季的门户
　　欢迎带着美艳旗帜的花朵的行列，
欢迎从空中塔楼里
　　唱出最好的歌子的鸟儿。
我用阳光和骤雨
　　温润着大地的心；
我怀着爱的思想
　　滑入人类的心：
我偕同司时季的三女神
　　骑在花犄角的牛上游逛。

五月

听！海上生活的野禽高声宣布

我的到临和蜜蜂的结群离巢。
这是我的通报者,
　　看！我的名字写在山栌树的花朵里。
我告诉船夫何时驶向海洋；
　　我从我的出生地
远远招致希斯派里狄斯①的呼吸和香气吹遍了大地,
　　我是美亚②。我是五月。

六月

我的月是玫瑰月；是的,我的月
　　是良缘月！
我有一切美景芬芳,盛开的葡萄树的香味,
　　峡谷和峰峦的簇叶。
我有最长的白天和最可爱的夜；
　　刈禾者的镰刀在我的耳边奏乐；
我是一切最令人喜悦的事物的母亲；

---

① 希斯派里狄斯,古典神话中司山林水泽的诸女神,在龙的帮助下守护金苹果园。这里说到的果子就是盖亚赠予海伦的结婚礼物。
② 美亚,古典神话中阿特拉斯与仙女普莱昂所生七个女儿之一。

我是一年的最美丽的女儿。

七月

我的徽志是狮子,
　　我呼吸着利比亚沙漠的呼吸;
我把我的镰刀作为佩刀拔出鞘来,
　　苍白的禾谷俯首在我面前。
江湖听着我的命令退缩,
　　空中有的是干渴和燥热;
天变成了黄铜,地变成沙砾;
　　我是名副其实的皇帝。

八月

奥克塔万皇帝名叫八月,
　　我是他的宠人,他把他的名字赐到我的头上,
为了纪念他和他的名望,
　　我仍然保留着它。
我是圣母,我的圣贞的怒火
　　不如狮子的愤怒燃得猛烈;

禾束是我唯一的花冠,
　　我宣布金黄的禾谷是我的继承物。

九月

我拿着天平
　　把昼夜平分
我有时吹起喇叭,用重音和喧噪
　　吹飞白云好像破的船帆一样;
树梢用发声的鞭子抽打着空气;
　　喧嚣的海鸟向南方飞去;
山栌实和野蔷薇实把篱笆点缀得通红,
　　猎人的月成了夜的盟主。

十月

果子是我的装饰品;叶子是我的衣服,
　　衣服织得好似金衣,它是深红色的;
我不夸耀在果木园和葡萄园里
　　我主持的一束束禾谷的收获。
我虽然骑在冰凉的蝎背上,

梦幻的空气里充溢着
温柔的夏季的回忆，
　　　鸽子和乌鸦的混合的声音。

十一月

我是森陶尔①，
　　　我是生在伊克逊和云的怀抱里，
我是生着一副人面的骏马，
　　　我踏着发声的蹄步在人世上飞奔。
我携着利剑追逐疾风
　　　树叶都吓得半死；
我藏在幽暗的地方，对于庸凡的种类
　　　我不带给舒适或快慰。

十二月

我带着雪白的头发，骑在羊背上，
　　　我来了，我是最后来的。

---

① 森陶尔，半人半马的怪物。

我的王冠是冬青属乔木做的；

我手里握着镶着芬芳的松木顶儿的酒神杖。

我纪念传道士的诞生

和返回太平淳朴的时代；——

我的诗歌是每个神堂里唱的祝词，

我的诗歌宣布着"人间的和平，人类的善意"。

狂 河

——在白山里

旅　客

狂河，啊，狂河，
你为什么粗暴地疾进和咆哮？
你难道不停歇地永远在这个岩石上
倾倒你的急速的鲁莽的河水？

什么秘密的烦恼刺激了你的胸怀？
为什么这样苦闷急躁？
难道你不晓得在这个太不宁静的世界里
最好的是过度工作和忧愁之后的休息？

河

啊，从城市来的陌生客呀，
你在这些山峦里寻找什么呢？

我把我要说的话编成一首浅易的歌谣，
你也许认为这是一种愚蠢的幻想？

旅　客

是的；我愿从你的歌谣里了解你，
我倾听你歌谣里流动的音调，
我要用像你似的清新强壮的声音整天地唱，
我在梦寐里也倾听你的歌唱。

河

起初我是一条没人知道的无名的小溪，
好像一个小婴儿
单独地从石阶上冒险走下，
犹豫地颤抖着。

后来，我受了反常的幻想的引诱
我渴望着广大的世界；
我像个被追捕的人逃出了黑暗可怕的森林
越过了空旷的田野。

我猛然举起我的胳臂，大声歌唱，

我的欣喜的声音和乌云的雷鸣混合起来,
风、树林弯腰鞠躬,
急雨降下来。

我听见遥远的海洋呼唤,
恳求祈念;
我走上前去,从这个岩壁上边跃下,
瀑布洪大的声音成了答复。

现在我受着许多病痛的缠扰,
我过着一个困顿的生活;
我不得不把这些木材
从山上送到下边等得发急的工厂。
然而,有些事物使我快慰,迷惑,
我兴高采烈地劳动,
白天我用我的胳臂痛饮无数的农场的牲畜,
还给邻人痛饮他们的鸟儿。

人们称我"狂",他们这样称也好,
当我心里充满愤怒和烦恼时候,
我就冲开我的沙泥的河岸,

把木桥像枯草残株似的冲走。

现在你去把这个作为你自己的创造，
写成小诗吧，
你看见良辰已经过去；
我不能再浪费我的时间；
锯木工厂已经等得厌烦。

再 见

——纪念 J.T.F.

再见!
　　这是在街头人们分别时候重述的
熟悉的字句。
　　啊,是的,再见!
但是当死把我们分在两地的时候,
　　我们以何等持久的痛苦等待再见!

离开我们的朋友没有感到
　　必须留下来天天哀伤的
我们的离愁,
　　第二天醒来时候
我们不能在那熟悉的地方
　　发现一个可爱的面孔。

倘若分别的人离开人世，
　　然而留下了一种人间的悲痛，
这将是双重的哀愁；
　　倘若真心在这儿爱过我们的，
在辽远的彼岸不再想起我们，
　　这也是双重的哀愁。

我们在痛苦中要相信
　　死是个开始，不是结束，
我们向他们呼叫，向他们道别，
　　最好把这称作预示，
称作投入广大的不可知之乡的
　　未来的预示。

信仰超越理智的界限，
　　倘如古时的传说
将受死亡的女人得到了再生，
　　那么凭恃信仰
我们的离别只是两三个月，
　　我们一定能等到再见！

城与海

喘息的城向海号叫:
"我热得头昏了,啊,向我呼吸罢!"

海说:"噢,我呼吸!
但是我的呼吸对于某些人是生,对于另些人是死!"

普罗米修斯①正在肆虐,
海洋女神来了。

城被无情的太阳火焰烧热的时候,
东风来了。

它来自大海的隆起的胸部,

---

① 普罗米修斯,希腊神话中盗天火以授人世者。

它来得好似梦样地静,好像死样地突然。

啊,仁慈的、无情的海的呼吸,
你究竟供给生命还是供给死亡呢?

日　落

夏日已经低垂；
只有树顶闪着红的光辉；
只有邻近的教堂尖阁的风信鸡
是一片火焰；
下面都是一片阴黑。

啊，美丽的、可怕的夏日，
你给了什么，拿走了什么？
生与死，爱与憎，
家庭有的团聚有的四散，
　　心灵有的悲凄，有的欣欢。

在人生的路上又走过一面里程碑！
在人生的史册里又翻过了一页！

落日好似一枚红印
印在人们所做的善恶上边
　　今天已经无法改变!

加菲尔德总统

——美国第二十任总统

诗人在乐园里听到了这些话,
  这是英勇地死在这儿的一个人说的,
  他在真诚的信仰里生活着,
  这儿天国的牺牲的十字架
在空中横伸它的保护的胳臂;
  胳臂上边站着豪侠的无畏的灵魂,
  它们好像皎洁的宝石一样,
  光辉在他闪耀的眼上发亮。
啊,倘不觉到
  苦难的后边有无限的休息和无限的松快,
  痛苦的熬煎要何等地黑暗!
这是我们的慰藉;
  一个伟大灵魂在我们忧心时呼叫:
  "我舍了生命,得到这个和平!"

美国南北战争阵亡将士纪念日

睡吧,同志们,睡吧,安歇吧,
　　在这放下武器的田地上,
再没有敌人骚扰,
　　也没有哨兵枪声的警告!

从前你曾经睡在地上,
　　一听见大炮突然的吼声,
或者战鼓的紧敲,
　　你便急忙爬了起来。

但这死的营房
　　没有打破你熟睡的声音
这儿没有热病的呼吸,
　　也没有流血和疼痛的创伤。

这儿这尽是安息和宁静；
  草地没有人踏过；
战斗的呼声停止了，
  这是上帝的停战！

安歇吧，同志们，安歇吧，睡吧！
  人类的思想
一定成为保护你们解除危险的永远安歇的
  卫兵。

我们用香花
  盖上你们沉静的绿色的天幕，
你们受尽了痛苦，
  我们对你们不能不怀念。

旋　律

甜美的旋律
　　在夜的孤寂里向流逝的时光致候，
　　在家庭的黑暗静默的卧室里
　　表现着无数的光圈的颤动！
通过我闭起的眼睑，利用我内心的视力，
　　我看见在巨大的圆周的行星弧形进路上，
　　灿烂的群星向前行进，
　　听！
　　我几乎听见它们在飞行时候的歌唱。
最好是不要睡，躺下来醒着
　　注视无尽的天空里广阔的星群；
感觉着入睡的世界在我们身下沉陷
　　而且在一个龙骨逐渐沉下的大海上
　　发生了一度逆流的泡沫的急冲。

四点钟

四点钟！远没有到天亮时候；
但是伟大的世界
携着陆上的城市和海上的船只，
滚入即将到来的黎明！

只有泊碇的小船上的灯
把光亮送入黑暗，
海的沉重的呼吸
是送入我耳鼓的唯一的声响。

麦狄逊城的四湖

这是四个清澈的湖，——四个女水神
或者四个林神，
　　穿着宽舒的天蓝色的衣服；
四个可爱的侍女
举起她们镶着金边的放光的镜子，
　　向着这个西部的美丽的城市。

白天太阳的骏马，
飞奔时候，
　　喝四湖的水；

夜里群星灿烂
映入下边的深海，
　　在另一个天空放出了光彩。

美丽的湖,清朗的,充满光亮的,
美丽的城,穿着白衣服的,
　　　你的样子多么飘然!
你完全像个云乡或梦乡里的
浮动的景物,
　　　在金黄的气氛里沐浴。

月　光

好像擎着一盏灯的苍白的幽灵
　　从几个被祟的破毁的阶梯升临,
月就这样沿着潮湿的神秘的气室
　　滑行。

一会儿藏在云里,一会儿又露出脸来,
　　好像这个幽灵苦痛满怀
它一会儿被破墙遮住,
　　一会儿又在窗口露出脸来。

最后,清朗地骄傲地,
　　她携着她一切灿烂的光辉,
俨如夜的盟主,
　　昂然在云坪上散步。

我看,但是再认不出
　　我熟悉的东西:
就是到我家的小径,
　　　也成了一条迷人的大路。

一切东西都变了。一片阴影,
　　　榆树放下了帘幕;
我在宫殿、公园和柱廊旁边行走,
　　　宛如在一个外国的城市里。

就在我脚边的土地上
　　　盖上了一层神秘的空气;
大理石铺垫着静寂的街道
　　　并且在空旷无人的广场里闪耀。

幻觉!下面是
　　　日常一般的生活;
只有灵魂用自己的色泽
　　　润光灰白的幽暗。

倘若我们是瞎子,
  我们看,我们眼睛朝向天都是白费;
我们看见我们视力所及的东西,
  我们找到的是我们带来的东西。

献给亚丰河

流吧,甜美的河!
好像躺在这个雕刻的墓穴下边的他的诗;
不要在墓园旁边等待他,
他不能听见你的呼唤。

你从前的游伴;我现在看见他,
他是个满面欢笑的孩子,
我远在斯特拉特福城静静的街道里
听见他小脚轻轻的步声。

我看见他在你的浅水的岸边
涉行在膝高的水台中间;
他陷入沉思,
仿佛你的河流就是梦的急流。

他想知道它流往何处；
他欣然跟着它走，
走到广大的世界，
那儿不久就充满了他悦耳的歌唱。

流吧，美丽的河！那个梦已成过去；
他站在另一个岸上；
他身边有条更大的河在流淌
他仍然跟着它走。

杂 诗

一

一个年老的艾奥尼亚群岛的歌人,
  孤单地在海滨行走,
他听着浪涛的冲洗,
  他从浪涛
学到了美丽的悲歌的秘密,
  他把海的动作和声音吸入他的歌曲里。
因为海涛在长时的起伏中升腾,
  高声地扑在沙滩上,停止一会,转身,退回来,
六韵诗也是这样地扬声,歌咏,以响亮的尾音结束;
  五韵诗就用逆流韵脚吟诵回来。

二

诗人不但在年轻时候,
  在老年,
他的心也会开出诗歌的花朵,
  就像金雀花在春秋盛开一样。

三

我们诗人的诗歌里
  不缺乏温存,却缺乏粗暴;
虽然那是雅各①的声音,
  却是伊骚②的手笔。

四

对于作家,
  为了他没有写出的放在墨水瓶里的东西,
我们应该感激。

---

① 雅各,亚伯拉罕次孙。
② 伊骚,艾薩克和里伯加的长子。

因为何时放下笔是很少人懂得的一种艺术。

五

你问我，三怎能成一？
　　我的答复是反回头来问你，
雹，雪，雨，
　　它们是否三位一体？

六

海市蜃使陆地在太空里漂浮，
　　船和船影悬在不动的空气里；
诗人的艺术也这样把我们平庸的生活提升
　　把世界变形，在明亮的光圈里浮动。

七

人生好像一首法文诗；
　　只有在用了男性韵时候
加杂了女性韵，

这才是完美的结合。

八

小溪自由自在欢快地从山上流下,
　　它很少想到山谷里的水车厂;
儿童怀着生存的愉快边唱边笑地走,
　　很少想到藏避着的将来有什么劳苦。

九

不论我们从前如何迟钝,
　　当我们开始写的时候
我们的思想和情感流出来,
　　就像墨水从笔里流出一样。

十

青春之泉就像天堂一样,
　　它永远在我们自己心上;
倘若我们到别处去找,

我们一定弄得衰老。

一一

你倘愿射中目标,
　　必须瞄得稍微高点;
放出的每一支箭
　　都感觉到地球的引力。

一二

聪明的希伯来人,
　　他们许可他们的语言里有现在时;
因为我们说出某个字的时候,
　　它已经成为过去。

一三

在老年的暮色里
　　一切东西似乎都奇怪虚幻,
好似黎明之前的景物

好似幽魂一般。

一四

开始的艺术是伟大的,
　　结束的艺术更伟大;
许多的诗
　　被多余的韵节损坏了。

断 片

醒来！起来！时间晚了！
　　天使在敲你的门！
他们匆忙不能久待，
　　一旦离去不会再来。

醒来！起来！
　　过多的休息使大力士的胳臂失去了力量；
休耕的土地和未耕的农场
　　只能生产片片荒草。

少女的风信鸡(民歌)

少　女

　　啊,乡村尖阁上的风信鸡
　　生着辉耀的金黄色的毛羽,
　　告诉我,你从栖木上
　　如何俯视教堂的钟楼?

风信鸡

　　我能看见下边的屋顶街道,
　　和行人来来往往,
　　远方,我又看见没有屋顶和街道的
　　伟大的盐湖和渔人的船队

　　我能看见一艘船只
　　从海岬和林港外边驶来,

一个年轻的男子站在甲板上,
一面绸手帕围着他的颈项。

一会儿他把手帕压向唇边,
一会儿他吻着指尖,
一会儿他举起手来挥动,
向陆地吹送甜吻。

少　女
啊,那是从大海来的船只,
它载回我的爱人,
载回了我的多情的真诚的爱人,
他不像你似的随着风向变心。

风信鸡
倘若我随着风向变换,
只因风向使我这样,
我,一个风信鸡,倘不这样变换,
人们会觉得我故意刁难。

啊,美丽的少女,十分纯洁娴雅的少女

你带着柔媚的眼睛和金黄的头发，
你今天和你爱人会面时候，
你要谢谢我往别的方向看。

风磨（民歌）

看！我是个巨人！
　　我高居在我这儿的楼顶里，
　　我用花岗岩的牙床
吞咬玉蜀黍、小麦、裸麦，
　　把它们碾成细粉。

我俯视农场；
　　在谷田里
　　我看见行将成熟的稼禾，
我喜欢得手舞足蹈，
　　因为我知道那都是给我预备的。

我听见
　　远远地，从打谷场

从敞着门的谷仓里来的连枷的声响,
风,我的翼翅里的风,
越来越高声地咆哮

我站在这儿
　　我的脚立在下边的岩石上,
　　不论它朝哪个方向刮,
我总是正面对着它,
　　好像一个勇士迎击他的敌人。

我们在扑扭争斗时候,
　　我的主人,磨坊老板,站在旁边,
　　他用手来推我;
因为他知道谁使他发财,
　　谁使他做了土地的主宰。

星期日我休息;
　　教堂里作礼拜的钟
　　响起了低沉的好听的声音;
我把胳臂交叉在胸前,
　　心里一片平静。

孩童与小溪

小溪从那边遥远的高山上
　　流经乡村的街道；
一个孩童走向前去洗手，
洗，是的，洗，
　　他站在凉快的甜美的水里。

小溪，你是从什么山来？
　　啊，我的凉快的甜美的小溪！
我是从那边寒冷的高山来的，
　　那儿新雪压旧雪，
消融在夏天的炎热里。

小溪，你流向什么江河？
　　啊，我的凉快的甜美的小溪！

我流向下边的江河,
　　那儿生着成束的紫罗兰花朵。
有太阳也有阴影。

小溪,你流向什么花园?
　　啊,我的凉快的甜美的小溪!
我流向山谷里的花园,
　　那儿夜莺彻夜地
唱着它的情歌。

小溪,你流向什么水泉?
　　啊,我的凉快的甜美的小溪!
我流向爱你的那个少女饮水的水泉,
无论何时她往水泉里看
我就起来迎接她,吻她的面颊,
　　然后我的快乐完全无瑕。

寄仙鹤（民歌）

欢迎，啊，仙鹤，你从遥远的地方
　　鼓翅飞来！
你给我们带来了春天的征兆，
　　你使我们凄怆的心变得愉快。

下来，啊，仙鹤！
　　下来在我们屋顶上休息；
啊，我的朋友，我的亲爱的，
　　请在我们阿西树里巢居。

啊，仙鹤，我向你申诉
　　啊，仙鹤，我向你道出
我心灵的疼痛，
　　万千的忧愁。

你从我们这棵树
　　　离去的时候，
寒风吹来，
　　　花儿都枯落。

明朗的天空黑暗起来，
　　　蒙眬，黯淡，多云；
预示着雪要下降，
　　　冬天已经临近。

从瓦拉加的岩壁，
　　　从瓦拉加的石岩
落下雪来遮盖了一切，
　　　碧绿的牧场寒冷起来。

啊，仙鹤，我们的花园盖满了雪，
　　　我们的花园被隐避起来
花园里生着的玫瑰树
　　　也因冰雪而枯凋。

再生草

夏田已经收割的时候,
鸟儿已经生满羽毛飞出的时候,
　　枯叶散铺着狭路;
待到雪落
鸦噪时候,
　　我们又到田里收割
收割那再生草。

我们这次收割
　　不是带着花儿的甜美的新草;
不是高原盛开的荷兰翘摇草;
却是跟杂草混在一起的再生草,
洼地和牧场的草丛,

那儿罂粟花在静默和忧郁中
　　洒下它的种籽。

炉边纪游

急雨连绵

　　那儿的风信鸡

不动了三天，

　　它老指着迷蒙的空间。

我不得不

　　留恋着炉边的光芒，

欣赏着装满我的书橱的书册

　　进入更多的愉快的梦乡。

我阅读

　　海外各国诗人吟咏的诗歌，

我年轻时候快活的日月

　　又集拢到我的心窝。

我想我能再听见

  阿尔卑斯山急流的咆哮，

西班牙山上的驴铃，

  艾辛诺尔的海声。

我看见寺院放光的墙壁，

  从松林里升起

还有高大的古代教堂的钟楼，

  莱茵河畔的堡垒。

我漫游在教堂和公园，

  在百年古树的下边，

在开满红花的罂粟田里，

  在遥远的海洋的微光中间。

我用别人的腿

  漫游了无数的里程，

我再不怕灰尘和炎热，

  我再不怕疲累。

让别人去穿行海陆

让别人劳碌在各种国土，
我用手来旋转世界
　　把这些诗人的诗篇诵读。

从这些诗人
　　我知道了每个地带变动的情景，
我用他们的眼睛看，
　　比我自己看得更加清楚。

夏 雨

雨是何等的美丽!
在宽阔的如焚的街里,
在狭窄的小巷里,
在灰尘飞扬和炎热之后,
雨是何等的美丽!

它沿着屋顶,
如何格格地好像马蹄的驰奔!
它从充溢的喷射的喉咙
如何拼命地向外飞腾!

它倾倒,倾倒,
经过了窗玻璃;
迅速宽阔

好像一道江河从河槽里流下
构成一片泥泞的潮水,
这是雨,受欢迎的雨!

病人从卧室往外看
看那弯曲的小河;
他能感觉到
每个小潴凉爽的呼吸;
他发烧的头部
又得到轻舒,
他从雨呼吸到祝福。

从邻近的学校里
来了小学生,
他们比平日更喧哗噪乱;
跑到湿淋淋的街上
驶行他们假作的船队,
后来叛逆的水潴
把它们卷入旋涡
和汹涌的海里。

在乡野,
到处,又远,又宽地,
好像一个黄褐色的金钱豹皮,
在平原上,
伸展到枯干的草和更枯干的禾谷上,
雨何等地受人欢迎!

在犁过的地里
站着劳苦的坚忍的牛;
它们抬起夹着轭棍的头
它们展开膨胀的鼻孔,
静静地吸着
带有荷兰翘摇草香味的微风,
吸着从浇好的冒气的土壤

发出的蒸汽。
它们为了这种劳作之后的休息,
睁着放光的大眼,
似乎在感激上帝,
这种感激胜过人类的语言多少倍。

农人
从避荫树下,
亲眼看见
他的牧场和他的谷田
弯下头来
向着连绵的雨
降下的无数的敲打的雨滴。

他看见这里边毫无罪过,
只有他自己的繁荣和收获。

诗人看到的,
比这些多得多!
他能看见
年老的水神
在无阻拦的云田里行走;
他从他周围展开的每个巨大的云层
到处放骤雨,
犹如农人播种。

他能看见

尚未完全道破的,

尚未完全歌咏过的,

多种的事物。

因为他的永不停止的思想,

随着雨点

落到死者的坟上,

穿过深邃的坑隙,

进入江湖的阴冷的源泉;

他看见

当雨过时候,

那些雨点从七色的桥头,

又攀到天上,

对着夕阳。

因此先知者,

怀着清晰的幻象,

他看见

生生死死,死死生生,

从地到天,从天到地,

在这种永恒的奇异神秘的变化里

形体的出现和逝去；
最后在惊奇的眼前
隐约地露出了
从未见过的
更崇高的宇宙的影像，
这个宇宙
好似一个无限大的巨轮，
在迅疾的时光的河里
永远转动。

普罗米修斯(或诗人的前思)

何等勇敢的普罗米修斯,
他把他的无畏的脚
立在奥林波斯山放光的棱堡上,
神话在诗,歌曲在唱,
它们都充满了提示和激励。

美妙的
是他逃出天门的传说,
是关于偷盗天火
转给凡人的
古老的迷信!

起初是出于走向天国的抱负的
高贵勇敢的事业,

后来是把火分给了凡人
再后是兀鹰,
普罗米修斯在高加索山崖上绝望的痛苦的呼声。

一切,
不过是诗人、预言家、先知者描绘的象征;
只有那些亲自受过无数辛酸痛苦的
使人民更高贵更自由的人们,
才配戴上王冠列为圣者。

在他们的狂喜里,
在他们的胜利和渴望里,
在他们热烈的脉动里
在他们当着人民说的话里,
燃烧着普罗米修斯的火。

那么这一切为了人类文化的劳苦,
没有用处么?
他们必得看着
兀鹰通过黑暗绵绵的飞云
在人生荒凉的山崖上翱翔么?

但丁的命运就是这样，
失败和放逐使他疯狂；
弥尔顿和塞万提斯，
诗人和放荡者都是如此，
他们受尽苦恼忧伤。

但是这种卓越的光荣
密集在他们记忆的周围，
在他们后来行进的路上，
这种内心荣耀的光芒
使他们黑暗的生活变得灿烂。

在阴惨的黑暗里
一切神秘的歌调唱着；
紧迫的思想，
轻柔的、深沉的、严肃的声音，
话在低诉，诗在吟咏。

怀着发明的热情，
怀着创造的狂喜，

一切灵魂全在狂欢里飘荡,
一切颤抖悸动的生命的音弦
极度地紧张!

啊,普罗米修斯!攀登天堂的勇士!
在这样狂喜的时候,
甚至最软弱的不萎缩的心灵
都可以看见在云雾迷漫的高加索山岩上空
盘旋的兀鹰!

虽然不是人人得到了
从事这样伟大事业的力量
攀登天墙,
并且用火热的潜力
使一切人的心永远强壮;

可是一切心灵未受损蚀的诗人
尊重并且相信这种预言,
他们携着使命前进,
高举光明的火把
照亮黑暗的国土!

厄庇墨透斯*(或诗人的后想)

当我在理想之国里
作着结婚的行进时候,
我的思弦在乐园的田野上空移动,
我看见的仿佛是在幻想里,
我在做梦呢?还是真实的?

啊,好似阳光在我周围闪耀的
是宾客的视线么?
还是伴着酒颂舞的
荒诞的非非之想,

---

* 厄庇墨透斯,希腊神话中美女潘多拉之夫,普罗米修斯的弟弟。宙斯为了惩罚普罗米修斯窃取天火给人类的行动,便让赫淮斯托斯造出世间第一个女人,即潘多拉。她成形以后嫁给了厄庇墨透斯,在好奇心驱使下,不顾禁令,打开宙斯赐予丈夫的礼盒,放出各种灾祸。这个神话在近代文艺中应用十分广泛。

好似魔圈围住了我呢?

啊,他们的拥抱何等冰冷!
苍白面颊,枯瘦的胸部!
那雪白的衣服放着怪异的光,
唐水仙花
从他们散乱的头发落下!

啊,我的歌曲!是谁的迷人的节拍
把我的心充满神秘的愉快!
我的黄金时代的悠闲的儿女!
甚至你们的欢欣和乐趣
也要随着掠夺而萎缩消逝么?

那些响亮的歌曲意外地来到我的耳边时候,
它们似乎是美丽的;
声音单纯,在合唱里
好像隐蔽的树枝的黑暗中的野鸟
在我们头上歌唱。

魔障解除!幻象消散!

是否每个高尚的志趣,
最后都要走到这个结论,
刺耳的乱音,杂劣的声响,
疲困,抛弃?

伊加鲁斯①在迅速的破毁和灾难中
随着残缺的羽翼落了下来,
他不是从太阳的清朗的国土里,
穿过更明亮更广阔的疆域,
更陡峭更快地落下来!

甜美潘多拉!亲爱的潘多拉!
为什么神通广大的约夫创造了你,
羞怯像西提斯,娴雅像弗劳拉,
美丽像年轻的罗拉?
还是争取你还是恨你呢?

不,不恨你!
因为这种不安和长时矛盾的情感

---

① 伊加鲁斯,在希腊传说中,曾以蜡质的羽翼从克里特岛飞往萨摩斯岛,其翼为日光融化,堕海而死。

只是热烈的求祈,
一种预示的低语
偷偷地弹动我们生存的琴弦。

你,亲爱的,
你永远不要离开曾经对你钟情的他,
在人生的杂音、争吵,和喧嚣里
他仍然觉到你的魔力;
你永远不要夺去他的希望。

你使疲惫的心振作起来
你使挣扎的灵魂增加了力量,
你使畏惧的阴云破碎,
你把真实从虚伪里洗净拣选出来,
你使人生好像夏季的白昼延长了!

所以你是越发可爱,
啊,我的女巫,我的蛊惑者!
因为你使一切神秘更加清晰,
你使一切得不到的东西似乎更近,
那时你使我的心充满了狂热!

你这个一切天才与娇美的女神!
虽然我们周围的田园枯萎,
还有更大的国土空间,
那儿还没有任何脚印留下:
我们转身往那儿去吧!

"蓝色花诗丛"总书目

（按作者出生年月先后排序）

城与海	[美]朗费罗	荒芜 译
请你记住	[法]缪塞	宗璞 等译
未走之路	[美]弗罗斯特	曹明伦 译
荒原	[英]T.S.艾略特	赵萝蕤 等译
小小的死亡之歌	[西班牙]洛尔迦	戴望舒 译
不要温顺地走进那个良宵	[英]狄兰·托马斯	海岸 译

（待续）